私は千《せん》の風《かぜ》になる

86歳 終末の幸福論

菅野国春
Kanno Kuniharu

展望社

死を考えることで今を充実して生きる——まえがきにかえて

令和三年七月現在、ガンを告知されてからまる七ヵ月になる。今のところ確たる自覚症状はない。美味しく食べているというわけではないが、食事は通常時の七割程度である。第一、私はもともと太り過ぎだったのである。少しずつ痩せてはいるが、私の理想体重にはまだ七、八キロ多めである。酒も呑んでいる。酒も食事もあまり美味しいとは思わなくなったが、食事は意識してバランスよくあれこれと食べるようにしている。酒は自然に任せて酒杯を手にするが、ちびりちびりと呑んでいるうちに日本酒なら二合近くまで呑んでいる。特別に酒に弱くなったという自覚はない。

日常的に特別に病的疲れは感じない。日々の暮らしの中で疲れは感じるが、これは病気のせいというより、年齢のためだと考えている。月に二回アスレチックジムに通ってトレーニングもしている。

便通もガン告知以前とは少し違う気もするが、特別に不快感があるというわけでもない。時々、腹痛らしいものを感じるとき「いよいよ来たか！」と身構えることもあるが、すぐに治まり一過性である。

そういうわけで、ガンを宣告されたからといって、特別に暗い毎日を過ごしているわけではない。以前と比べて日常生活に大きな変化はない。

しかし、ガン告知を受けて以来、毎日のように「死について」のあれこれを考えている。何気ない日常生活の中で折にふれて死について考える。

例えば、ぼんやりと愚にもつかないテレビを観ているとき《こんなことをしてはいられないな、来年の今頃は俺は死んでいるかもしれないのだ。死に支度を急がなければならないな》などと考える。しかし、それほど大層な死に支度があるわけではない。結局のところ、愚にもつかないテレビを最後まで観ている。


私はガンと共に生きる余生について、当初、特別の生き方をするのは止めようと自戒したのである。すなわち悲壮感も絶望も嘆きも一切表さず、健康だった昔と変わりがないような生活態度で暮らそうと考えたのである。

ガンとわかったとき、さてどのように生きたらいいか私は考えた。考えたあげく私の得た結論は、歌をうたい、麻雀を楽しみ、俳句を作り、酒を呑み、友人と談笑する日常生活を実践しようと考えたのである。すなわち、普段と何の変わりもない生き方を貫こうと考えたのである。この考え方は間違っていないと思う。

しかし、ガンを宣告された身では、どういうライフスタイルで生活しようが死についての思索から自由になることはできなかった。何かを考えるとき、まるで影法師のように死の思いが、思索の端々について回るのである。死の影から逃れることができないのだ。しかし、これはこれで良かったのだと考えている。

こういう立場にでも立たなければ、私は暮らしの中で死についての思索などしなかったのではないかと思う。ガンのおかげで死について真剣に考えるようになった。

死を考えるといったところで、哲学的、観念的に考えるわけではない。近い将来、この世から消えていく我が身についてあれこれと思索を巡らせるだけのことである。

遠からずこの世から消えていく身であれば、現在の生き方をないがしろにしてはいけないと考える。どうせ死ぬのだから後は野となれ山となれというふうに考えないところが不思議である。私は半ばケセラセラの人生を生きてきたのに、死が現実の問題として迫ってくると、今日という日を大事に生きなければと思うのである。

飛ぶ鳥跡を濁さずの心境である。何とも奇妙な心がけである。人生八十年、跡を濁しながら生きてきたのに、ここに至って殊勝にも、さっぱりした心境で死んでいきたいと考えるのだから不思議である。

日々の暮らしも、袖擦《そです》りあう人々も、みんなかけがえのない出会いのように思えるのである。全ての暮らし、全ての人を大事にしたいと感じるのである。

死に心底向かいあったとき、自分をがんじがらみに縛っていた自我、執着から解き放たれたのを自覚する。人に対する偏見、憎しみ、自分を善く見てもらいたいという見栄、物欲などあらゆる執着から解き放たれた気がした。改めて死を見つめて生きることは現在をよりよく生きることに繋がっていることに気がついた。

死を考える心で人生を眺めてみると、実に人生の色合いがまるで違って見えてくるのだから不思議である。死に背を向けて生きているときは自分に都合のよい風景を見ようとしていたのである。死を思うフィルターを透してみると人生は多種多様の色模様をしていることが判る。死というフィルターがかかっていないときは単一の風景を真実の人生だと信じ込んでいた。死と向かいあって、遅ればせながら本当の人生の姿に接した気がした。今まで見てきた人生の風景が歪んでいたことに気がついたのである。したがって自分の生き方も相応に歪んでいたことに思い至ったのである。
死を思うことは人生を思うことである。死を見据えない人生論も幸福論も何かが不足しているのではないか、そんなことを考えながら本書を執筆した。

最初、本書はガン患者の一年間の生活日記を綴《つづ》るつもりでペンを執《と》った。だが、途中からその方針を転換した。死を見つめて生きるガン患者の幸福論を書いてみようと思って執筆のスタンスを変えることにした。

正直言って私は幸福論など書く柄ではない。長年、自分が不幸であることを逆手にとって、我が身の不幸をバネにして売文稼業を続けてきた。それが幸福論とは片腹痛いわけだが、自分の目の前に終末の深淵が口を開けている昨今、感ずるままに筆を走らせると、吐息のようにかそけき幸福論になっているのに気がつくのだ。

幸福とは、今まさに人生の終わりというときでも健気にも人は求め続けるものだということを実感している。風のそよぎのように、小鳥の囀《さえず》りのように、口からついて出る言葉は幸せを求めようとする切ない言葉である。それを臆面もなく幸福論などというのはおこがましいのだが、どの一文も、私にとっては死を目前にしながらも、やはり幸福になりたいという小さな願いが込められているのである。

表題の「私は千の風になる」というのは、まさに私の今の心境にぴったりである。いい書名をつけていただいたと感謝している。

今春（令和三年四月）、発売した拙著「85歳この世の捨てぜりふ」もご好評をいただいている。重版もした。

私としては人生の終わりに思い残すことなく捨てぜりふを吐きちらし、その挙句に千の風になりたいというのだから、少し贅沢でわがままな終末という気がしないでもない。しかし遠からずあの世に旅立つ者の名残りの遺書としてお許しいただくことを乞い願う次第である。

読者諸兄姉のご多幸を衷心より祈るものである。

末尾になったが出版に際して並々ならぬ配慮とご尽力をいただいた唐澤明義社長、岩瀬正弘デザイナーには深甚の謝意を表する。

令和三年八月吉日

著者　菅野国春記す

私は千の風になる

86歳 終末の幸福論

目次

第一章　ガンと共に生きる

第二章　私は千の風になる

第三章　生と死の断章

第四章　終着駅ひとつ手前の停車駅

第一章

ガンと共に生きる

ガンの予感

この二、三年、私にはガンではないかという予感があった。はっきりした自覚症状があったわけではない。何となく胃腸の調子が悪いときなど「ガンかな？」と漠然と感じていた不安である。そんな不安と同時に《歳だからガンでも仕方がないな》という思いもあった。

予感といえば二十数年前、確かな記憶ではないが、五十代の終わりころであったと思うが、便の潜血検査で陽性となり、精密検査をすすめられた。多忙でもあったし、また、内心恐怖感もあり、精密検査を受けずに酒を呑み歩いていた。何事もなく歳月を重ねている間にあのときの潜血検査は誤りであったかと思うようになった。私には切れ痔の症状があり、ときに出血することもあった。便に血が混じっても当然のことと考えたのである。

私は雑誌記者の仕事やルポライターの仕事で、ある時期、約十年間に渡って多数のガン患者を取材したり調査したことがある。

私はそのときのガン患者の姿に接して、ガンになっても手術しないほうがいいのではないかと漠然と考えるようになっていた。二十数年前の潜血検査陽性のときも、そういう考えが根底にあって、精密検査を先延ばしにして、二十数年という月日を重ねてしまったということである。

私が十年間に渡ってガン患者を調査したのは四十年近くも前の話で、細部についての記憶は定かではないが、確か手術をした患者六人と手術を受けない患者四人だったような気がする。手術を受けなかった患者は、末期で手術をしたくてもできない患者ばかりだったと思う。末期と宣告されているのに、みんな元気で、死ぬ数日前まで笑顔で私の取材を受けていた。一人だけ、末期といわれながら五年も生存し、死の半年前まで麻雀やゴルフを楽しんでいた人もいた。

それに対して、手術を受けた人の中には、手術の日の数日前に、碁会所の仲間にガン手術壮行会を開いてもらい、酒を呑んで意気軒昂で手術を受けたのに、術後、体調不振になり、何度も再発のガン手術を受けて、ついには帰らぬ人となった。

その人だけではなく、手術を受けた人たちは決まったように再発をくり返した。再発のたびに手術である。手術、再発をくり返すガン患者は、ぼろぼろになって亡くなっていくように私には見えた。

それに対して、手術を受けられなかった患者たちは、確かに日毎に痩せていく人もいたが、死ぬ何日か前に私と町の喫茶店で一時間ほど談笑して別れたという人もいた。そのときは亡くなるのはまだ先のことだと考えていた。私にそのように思わせるほどに元気に見えたのである。

調査したガン患者の他にも多数のガン患者を見てきたが、手術をした患者はガンが再発をしやすいのではないかと私は考えるようになった。漠然と素人考えで、ガンは手術をしないほうがいいのではないかと私には思えたのである。

全くの医学的知識がないのに、私はガンに対して一つの仮説を持つようになった。仮説の背景に医学的論拠がないのだから、いわば妄想仮説ということになる。

すなわち、人間はだれもが「ガンの因子」を持っている。しかし、死ぬまでその因子が表に現れる事なく終わる人と、何らかの生理的刺激を受けて体内に潜んでいた因子が突然表面に表れるという仮説である。その刺激の一つが手術ということである。

私はそれを「ガン細胞の反乱」と名づけた。

このような考え方を持つに至った私は自分がガンになっても手術はしないという考え方を五十代の初めには抱いていたような気がする。しかし当時、その思いは確たる信念ではなかった。三十年前、実際に自分がガンを宣告されたらどう判断したかわからない。六十代に入ってから、ガンの予感は時々感じたが、検査をする気にはなれなかった。やはりガンと面と向かいあうのが怖かったのだ。

しかし、八十歳になってからはガンに対する恐怖感はなくなった。まるっきりなくなったわけではないが、ガンは運命だと考えるようになった。もともと、病気は運命というのは私の考え方だったが、ガンという病気は、歳老いて天より下される厳粛なる人生の引退勧告ではないかと考えるようになった。それなら潔《いさぎよ》くその勧告にしたがってもいいかなと考えるようになった。この思いはガンの恐怖をずいぶんと拭い去ってくれた。

私は、このまま放置しておいてもいいが、まずガンであるかどうか確かめておこうと思った。ガンの潜血検査で陽性になったとき、それでは調べてみるかという気になったのである。

ガン告知まで

私は平成二十四年七月に伊豆半島にある老人ホームに入居した。令和三年、かれこれ九年目を迎える。令和二年八月に「老人ホーム八年間の暮らし」なる拙著を刊行した。この老人ホームには専属の診療所があり、所長であるK医師はホーム住民のかかりつけ医で、老人医療のベテラン医でもある。このK医師のすすめにしたがって、私は令和二年の夏に潜血検査を受けた。

結果は前述したように陽性だった。正直な気持ちとしては「やっぱりそうか」という思いだった。

「とにかく大病院で、精密検査をしてみましょう」

K医師にいわれるままに、九月の半ばに伊東市の市民病院で検査を受けた。その結果、CT画像にはっきりと腫瘍の影が映し出された。画像を見た市民病院の担当医は、これは怪しいと呟いた。

「本来は、内視鏡検査をするところですが、あなたはガンでも手術はしないとおっしゃっていますから、このまま経過を観察することにしましょう」

三ヵ月後の十二月に再検査をすることで、第一回目の精密検査はひとまず落着した。そのときの検査では、腫瘍マーカーの数値やその他の数値でもガンと断定できるほどの異常は認められなかった。

私は内心は「おそらくガンだろうな」と思いながら、はっきりとガンと断定されなかったことで、ほっとする思いもあった。

相変わらず、普通の生活を続けていた。普通の生活とはいうものの、コロナ禍で行動には制約を受けており、ホームの敷地を歩いたり、近くのスーパーに買い物に出かけたり、カルチャースクールの講師で地元の公民館に出かける程度の日常生活であった。晩酌は続けていた。酒量は減退したが、酒が不味いとおもったことはなかった。酒量が減退したのはガンのためかどうか確信がなかった。

三ヵ月後の十二月十七日に再検査のため市民病院を訪れた。九月の検査と同様、CT、エコー、血液検査など同じようなコースで受診した。

結果は九月とほとんど同じだった。腫瘍も大きくなっていなかった。正直ほっとした。次の検査の予約は令和三年三月だった。

年が明けた。コロナウイルスの蔓延で淋しい正月だった。老人ホーム恒例の新年の式典も祝賀パーティもなかった。東京に住んでいる娘とも会えない新年だった。ガンの疑いで検診を受けている身では、いつもの正月のように大きな顔をして朝酒を呑むわけにもいかない。それでも朝から酒盃を手にした。正月ということで、妻もあからさまに嫌味をいうこともない。

突然の腹痛で眠れなくなったのは正月の二日だった。胃腸に障害が起きるほど酒を呑んだわけではない。悪い物を食べたわけでもない。明け方何度も嘔吐した。

朝になると腹痛もおさまった。診療所も正月休診である。痛みが続いていれば急患ということで診察も受けられたが、痛みはおさまっていた。とにかく、絶食のまま四日の朝を迎えた。診療所は四日から開いていた。車椅子で診療所に向かった。車椅子は少し大げさな気がしたが、まる一日絶食していたので、歩くのは少し大儀な感じがしたので、ホーム職員の好意に甘えることにした。

診療所で、レントゲンやエコーの診察を受けたが、はっきりした原因がわからないという。市民病院にすぐに直行ということになった。着のみ着のままで、ホームの車で市民病院に向かった。

外来の時間が終わっていたので、従来からの担当医ではなく、救急扱いで受診することになった。お馴染みの診察コースのあと、緊急入院で詳しく検査をしようということになった。暫定的病名は「急性大腸炎」である。とりあえずの治療は抗生剤と栄養剤の点滴である。入院三日目に大腸の内視鏡検査を受けた。内視鏡を担当した医師は、外来で受診している医師だった。

内視鏡の検査で組織を採り、二ヵ所にガンが発見された。画像に映っていた腫瘍はやはりガンだった。もう一ヵ所のガンは肝臓の近くで発見された。

内視鏡検査から三日後に救急の担当医が回診で病室を訪れた。

「検査結果は　ガンでしたか？」と私はずばり訊いた。

医師は一瞬たじろいだふうに動揺したが、私が別に深刻な顔もしていなかったのに安心したのか、表情を和らげて「ええ、ガンでした」と答えた。それから「詳しくはKW先生から説明を訊いてください」と付け加えた。KW先生というのは、私が外来で診察を受けている担当医であり、内視鏡を担当した消化器内科の医師である。

十日間の入院で退院した。退院時に外来の予約表を渡された。一月の二十八日になっていた。正式にはこの日がガンの告知を受ける日である。

その前に紹介者である老人ホームの診療所のかかりつけ医K所長のもとに市民病院での検査結果が収録されたCDが届いていた。

退院した翌日に診療所にお礼かたがた報告に訪ねた。

K医師は用紙に図解しながら説明してくれた。

「こっちのガンは腸閉塞になる危険性がありますね。手術で人工肛門という手がありますが、どうしますか？」と訊かれた。

市民病院の医師は内視鏡の検査の折に大腸に筒状ステントを入れたのですぐに腸閉塞になることはないだろうということだった。

とにかく、二十八日の市民病院の担当医の意見を訊いてから結論を出そうと思った。が、私としては手術はしないという方針を貫こうと考えていた。

私は自分の直感で、ガンは肝臓や肺に転移しているのではないかと漠然と考えていた。はっきりとした理由はない。一種の妄想かもしれない。しかし手術したら体内に潜んでいるガン細胞が一気に反乱の狼煙《のろし》を上げるのではないかと危惧していた。そんな予感を抱いている私が手術をすることなど考えられなかった。

二十八日に病院に出向いて担当医と会った。

最初からガンでも手術をしないと宣言していた私に、担当医はいささか不興を感じているのではないかという気がした。

「今後の方針はかかりつけ医のK先生と相談してください」と担当医はいった。

このいい方に他意はないのだろうが、私は少し突き放されたような感じを抱いた。《手術をしないんじゃ何をいっても始まらない》と思っているような感じがした。私としては「手術をしないのなら選択肢としては斯くしかじかの方法があります。どれを選ぶにしろ、サポートしますよ」というような言葉を期待していたのだが、「私にはもうやることはありません」といわれているような気がした。

最後に「手術を決心したらまた来てください」と医師は付け加えた。それは「手術をしないのなら来ても無駄です」といわれているように感じられた。

「あとどのぐらい生きられますかね？」ずばり訊いてみた。

「さあ、わかりませんね」と素っ気ない返事だった。それは意外に正直な返事なのかもしれない。軽々しく余命を告げる医師よりは誠実なのかもしれない。

退院の前日、主治医となった救急医にも同様の質問をしたが、彼も困ったように首を傾げていった。

「数ヵ月ということはないと思います」

この医師は私が手術をしないという意思を持っていることに唯一理解を示すようないい方をした。

「手術のあとにどんな状態が起こるか予測できませんからね。ご高齢ということを考えると、手術をしないという選択肢もありますね」

しかし、彼も含めてどの医師もできれば手術はしたほうがいいという意見だった。

それから二十日ほどして、毎月処方してもらっている薬の処方をしてもらうために、ホーム内の診療所を訪ねた。かかりつけ医のK医師との話も手術の是非についてのことだったが、私はきっぱりといった。

「四月に拙著の新刊が出ます。これに私の見解が書いてありますので、それを読んでいただいてからご意見を伺いましょう」

四月に「85歳この世の捨てぜりふ―さらば人生独りごと」なる拙著の新刊が刊行されることになっていた。この企画が持ち上がったときは私は自分がガンだという思いは抱いていなかった。今になってみると、まさにガンであることを予感しているような書名になっている。

「ほう、新刊ですか、それにあなたのガンのことが書いてあるのですね。わかりました。それを拝見してから考えましょう」K医師はうなずいた。

もし、仮に今手術を受けて、術死ということになっても、今のコロナの蔓延状態では家族は死に目にも会うことはできない。コロナの感染で死ななくても、病院はどんな病気も面会謝絶である。まさに院内孤独死である。それは淋しい死に方だ。

《手術するなら、それなりの覚悟をして臨まなければならないな》と私は考えた。

年明けに私が腹痛になったのは、食物が通りにくくなっていたため、ガンの周辺に炎症が起きたのかもしれないというかかりつけ医の見解だった。内視鏡の医師はガンと腸壁の間に筒状のステントを入れてくれたので、今のところは腸閉塞の心配はないといっていたが、かかりつけ医はそれが心配だといっていた。

「がんとは闘うな」という近藤誠医師のガン理論
――近藤理論は私の長年の疑問を氷解した

近藤誠医師は、ガンは手術をしないほうがいいという、ガン治療の常識を真っ向から否定して脚光を浴びた。二十数年前のことである。

近藤医師は慶應義塾の大学病院の放射線科の医師である。れっきとしたガンの専門医といってもいいであろう。

二十年くらい前、私は近藤医師の「患者よ、がんと闘うな」という意見に接して、私が漠然と考えていた思いが、医学的に裏づけられたような気がして喜んだことを記憶している。何しろ医学的に無知蒙昧《もうまい》な私が、四十数年前に「ひょっとすると、ガンは手術をしないほうがいいのではないか?」と漠然と考えていたからである。

前述したように、記者、ルポライターという仕事で、多数のガン患者と接触があった私は、この間まで元気だった人が、手術をした途端に再発をくり返して無残に亡くなっていくのを何人も目の当りにしていた。

その事実と逆に、手術は手遅れだといわれた末期のガン患者が、二年間も生き延びて、死ぬ一週間前まで、私とお茶を飲んで談笑した風景が脳裏から去らないのである。

《これは、ひょっとすると、ガンは手術をしないという手もあるのでは?》と感じた思いは、私が何十年間という間引きずっていた疑問であった。

四十数年前、知人、友人の医師と酒を呑んだときなど、私はこの思いを披瀝《ひれき》するのだが、明確な返事を聞いた記憶がない。近藤医師の著書によると、ガンの手術によって潜んでいた転移が勢い付くというのは外科医の間では古くから知られていた常識だと綴《つづ》られている。また、手術がガンの再発を促すということは世界中の医学雑誌にしばしば掲載されていたという。それなら、四十数年前に私が酒席の話題としてこのことを持ち出したときに、彼らはそのことを知っていて、私の疑問に答えなかったということになる。

私も、この疑問について記事にしたことはないし、冗談めいたトピックスとしても書いたことがない。何しろ、命にかかわる話を医学的に全く知識のない雑文作家が公言すれば、ひんしゅく、非難、嘲笑、叱責を受けるのは目に見えていた。そればかりではない。当のガン患者に不安や動揺を与えることを私は恐れたからである。ところが、近藤医師は医学者として正々堂々とガン治療の間違いを問題提起したのである。

当時のガン治療の常識は「早期発見、早期治療」であった。近藤医師はこの常識を真っ向から否定したのである。

近藤理論を否定できない医学界

この近藤理論には当然ながら医学界からはごうごうたる非難の狼煙があがった。私も、近藤医師を悪しざまにいう医者の言葉を直接に何人からも聞いた。

しかしどの医者の言葉も近藤医師の医学的論理を医学的に否定する反論ではなかった。また反論といっても、単なる言葉尻をとらえたあまり意味のない反論でしかなかった。

近藤理論を理論的に徹底的に覆《くつがえ》す医学者が現れることを期待して私は待ったのだが、めぼしい学者は現れなかった。あるとき「患者よ、勇気を持ってガンと闘え」という記事が週刊誌に掲載された。執筆したのは国立大学の教授でガンにも造詣が深い医学者である。「これはすごいぞ」と私は期待して読んだのだが、内容は、近藤医師の理論を医学的に否定するものではなく、ガン治療の側面や現状について述べているにすぎなかった。題名は勇ましいのに、これでは反論になっていないではないかと私は失望した。その後も近藤医師に敢然と議論を挑む医学者は、私の知るかぎり一人も現れていない。

この一事で見るかぎり、近藤医師の「ガンとは闘うな」という理論は、ガン治療の一つの方向を示したものというほかはない。

近藤医師は、著名なアナウンサーだった逸見政孝さん、女優の川島なお美さん、歌舞伎役者の中村勘三郎さんの手術も間違いだったと指摘している。彼らは手術を受けなければある程度の生活のクオリティを維持しながら残る余生を一定期間生きられたというのである。川島さんや勘三郎さんは、なまじガンの存在を発見されたために、生き長らえる命を縮めてしまったと語っている。川島さんも勘三郎さんも、手術をしなければあと何年間かは舞台に立てたというのである。

近藤医師はガン検診にも疑義を呈している。ガン検診でガンの所在を暴き出し、外科的治療を施して、あたら命を縮めているというのである。要するに知らぬが仏で、ガンがあることを知らずに放置していれば、無用に命を縮めることはないというのである。

ガンといえば「早期発見、早期治療（手術や抗ガン剤）」という医学界の概念を近藤医師は敢然と否定しているのだ。

近藤医師はガンを早期発見する定期検診をやめたほうがいいという意見も持っている。ガンの定期検診をやめたある地方自治体のガン死亡率が明らかに減ったことを指摘している。ガンで死ぬ人が少なくなったというのである。

なぜ医学界はこのような重要な近藤医師の発言に医学理論で反論しないのかということについて、私はもどかしく歯がゆく思っているのである。そして、もし医学界が近藤医師の発言を正しいと思うなら、なぜそれを肯定し、賛意を示し、ガン治療の今後に取り入れようとしないのか？

と、無知蒙昧な私など、短絡的にそう思うのだが、コトはそう簡単ではないのだ。それはガンの治療費、すなわち、手術や抗ガン剤の売上げ、さらに定期検診で入る莫大な費用は医学界を潤《うるお》しているために、おいそれと同調できる話ではないというのである。

もし、それが事実なら日本国家は医療費の無駄遣いを黙認していることになるのではないか……と、疑問を持ったりする。とはいうものの、医学界も人命救助という崇高な使命と同時に、一つの産業体でもある。私の考えるようには単純に結論の出る話ではないのだ。

近藤理論の核心──ガンもどき仮説について

「がんと闘うな」という近藤医師の理論の重要なポイントは、ガン細胞はその発生の時点でその運命が決まっているということだ。

ガンと診断されるものには二つの性質があると近藤医師は指摘している。一つは「本物のガン」、そしてもう一つは「ガンもどきガン」の二つがあると仮定していることだ。

そして、ここが重要なところだが、本物のガンはほとんどがすでに転移していて、手術は意味がないというより、手術によって転移したガンの成長を促進させたり、目に見えないガンを導き出すということだ。昔、私が「ガン細胞の反乱」と名づけていた状態になるということである。

ガンが反乱を起こすメカニズムは、近藤医師の言葉を借りれば、手術時に血液の中にあるガン細胞が流れ出てそこで増大するというケース。そしてもう一つはひそんでいたガンが手術によって、急速に暴れ出すということだ。まさに、私が過去に見てきた、手術した患者が何度も再発し、そのたびに手術を繰り返し、ついに刀折れ矢つきるようにガンに敗北して死んでいったケースである。

本物のガンは徐々に進行し死に至るわけだが、いずれ死に至るにしても「本物ガン」を放置しておいても、すぐに亡くなるというわけではなく、終末までには一定の時間が経過するのである。その間は仕事をしたり、死後の始末をしたりと、ある程度正常な生活ができるのである。手術をしなければ、アナウンサーの逸見政孝さんも少しの間仕事ができたり、歌舞伎役者の勘三郎さんも何年間かは舞台に立てたはずだと近藤医師は語る。ド素人の私も、過去の見聞体験からその説には共感できるのである。末期ガンを宣告された患者が、ゴルフをしたり、囲碁を楽しんで残る余生を過ごしたのを何人も見てきている。

近藤医師のユニークな仮説の一つに「がんもどき理論」がある。がんもどきのガンは放置していても、転移の能力もなく進行はゆっくりで、がんもどきのガンによって死に至ることはないというのである。

近藤医師の説によれば、ガンはＣＴなどによって発見されたときは、発生から何年も経過しているはずで、本物ガンならそれまでに他臓器に転移していると考えられるというのである。発見されるまでの間、他臓器に転移していないということになると、ガンそのものに転移能力が欠如しているわけで、ガンでありながら本物ガンではない「もどきガン」というのである。このようなガンは命取りのガンとは異なるから、放置していても命には別状がない。要するに、いずれにしろガンとは闘わないのが得策と近藤医師はいっているわけだ。

私は近藤医師の説に勇気と医学的知識を与えていただいたが、私が、ガンと闘わないのは近藤医師の説に啓発されてということではない。前述のように、私は昔からガンの手術に胡散《うさん》臭い思いを抱いていたというのが手術を避ける一番大きな理由である。それに加えて、私は高齢であり、十分に人生を生き切ったという思いがあることである。これ以上長生きして何を得ることがあるだろうかというのが正直な感慨である。

私は無名の雑文作家で、この世に遺《のこ》すべき芸術作品もなければ、社会的に意義ある仕事があるわけでもない。気がかりといえば、一人では日常生活がままにならない妻を残して旅立つことだけである。手術で生き長らえたとしても、手術後の体力知力では満足に妻のサポートができるとは考えられない。

私がガンを治療せずに放置するのは以上のためである。この決心を単なる思い付きではなく、医学的裏づけで支えてくれたのが近藤誠医師ということである。

近藤理論の小さな疑問

私がガンを放置しようという決意を抱くことができたのは、八十五歳という年齢のためである。近藤医師の理論は前述のように、ともすれば揺らぐ気持ちに、勇気を与えてくれたのは確かである。しかし、私が六十代前半だったら果たしてこのような考えを持つことはできただろうかと考えると、はっきりと「できる」とは断言できない。けっこう迷い悩んだに違いないと推察できる。

近藤医師の本は全著作で累計四百万部は売れているはずだ。一冊で百万部売れている本があるのだから、幾つかの著書を合算すればそのくらいの部数は売れているはずである。私がガンを告知されてから十三人の人にガンであることを告白して、手術是か非か訊いてみたのだが、ほとんどの人は手術を受けることをすすめた。私に対する愛ゆえである。放置に賛意を示したのは二人、二人は意見をいわない。九人は手術をすすめた。手術をすれば生き長らえると考えているのである。

ほとんどの人が近藤医師の本を読んでいないのには驚いた。物書きの末席を汚す私には、四百万部というのは夢のような部数なのだが、そんな大部数でも、私の周囲には読んでいる人は少ないのだ。

これほどの大部数で啓蒙・発信されている重大な意見を知らない人が多いのである。ガンといえば早期発見・早期治療が最善といまだに信じ込んでいる人がほとんどである。私の親しい身近なガン患者はみんな手術に踏み切っている。

私が近藤理論の受け売りを話すと、口をそろえてみんながいうのは、あの人も、かの人もガンを手術して長生きしているという事例である。

「それは、手術しなくても長生きできるガンもどきだからです」と私はいう。

近藤理論から類推すれば、手術して再発するガンが無いことをみても、それは「ガンもどき的ガン」ということになる。何しろ、近藤理論ではガンは発見されたときから、その運命が決まっているからだ。

一つ「本物ガン」、一つ「ガンもどき」だからである。しかし、近藤医師の本を読んでいない人たちは一様に首をかしげる。

私の親しい知人に胃ガンの宣告を受けた人がいる。私より二つ年上の人で、宣告を受けたのは私の現在の歳と同年の八十五歳であった。二年前に話を訊いたとき、私は自分の持論をいわなかった。彼はガンを宣告され、周囲から手術をすすめられているようであった。しかし彼は手術をしないで放置する道を選んだ。私は内心、彼の決心を是として、わが意を得たという思いで見守っていた。

酒も煙草も止めたのは、酒が美味しくなかったのか、酒や煙草を飲むと体調が悪くなったためか、その辺のところはわからない。私は煙草は三十年近く前に止めたが酒は今でも飲んでいる。ガンだということがわかったのが病院だったので、酒は呑めなかったが、退院してきてすぐに酒を呑んだ。どの医師に訊いても、酒は自由にどうぞということだった。大腸ガンは胃ガンと違って酒を呑めるのがありがたいと思った。

胃ガンを放置した彼とは時々電話で話をしていた。特別に辛い思いをしているようには見えなかった。まる二年を経過したころ、なぜか虫の知らせで、今会っておかないと、死に目には会えなくなるなと思って私は会いにいった。夕食を共にして昔話に花を咲かせた。そのときの感じで、この分ではまだ大丈夫だなと思った。

彼の娘が私をホテルまで送るという車に彼も同乗した。ホテルの前で握手をして別れた。力強い握力なので、この分ではまだまだ死ぬのは先のことだと安心していたが、それから、三ヵ月後に彼は亡くなった。コロナで駆けつけることも禁じられていたが、安らかな最期だったと遺族から聞いた。

残念ながら虫の知らせの私の予感は当たったわけだ。死の三ヵ月前、夕食を一緒にして、私はビール、彼はノンアルコールを美味しそうに呑んでいた。

彼はガンを宣告されて二年間も生き延びたのに、家族はあのとき手術をすればよかったと私にいった。手術をすればもっと生きたのではないかと悔やんでいるのである。その辺になると私も自信はない。彼は他に転移していなかったのだろうか？

その辺もわからないが、とにかく、家族は今になって、手術をしなかったことを悔やんでいる。私は、手術をすればもっと早く亡くなったと考えているが、その辺のところも、果たしてそうだったのかということはわからない。これは、近藤医師にもわからないのではないか。

「絶対に手術しないのが正解だった」と断言できないのがもどかしい。無いものねだりの感じもするが、そのところが近藤理論に対する小さな疑問でもある。

告知のあとに考えたこと

現在、痛みも苦しみもあるわけではない。年明けに感じた腹痛はすっかり影をひそめてしまった。健康だったころと何ら変わりはない。しかし、ガン告知を受けた今、自分の命は確実に終着駅に向かっているということである。楽観的に考えても、あと三年くらいの命であろう。悲観的に考えれば、あと一年くらいかもしれない。医学的にも恐らく正確な余命などわからないと思う。

しかし考えてみれば、我が齢《よわい》を考えれば、終着駅に到着する前に突然の体調不振で途中下車の「あの世行き」というのは当然のごとくありえる話で、別にことさら終着駅の到着時刻を気にする歳でもない。こう考えると、ガン患者であることと、我が余命の関係を深刻に考える必要もない。

告知を受けたとき拙著「85歳 この世の捨てぜりふ」を執筆中だった。心の整理として、執筆途中の原稿を書き上げてしまわなければと考えた。

ガン告知がなかったなら三月上旬に出版社に原稿を渡せばよかったのだが、一ヵ月早く原稿を渡そうと考えた。書き上げることで、一つの後始末だと自分を納得させようとしているわけだ。自分の心の中の一つのけじめでもあり、とりあえず心の整理をするようなつもりでもあった。原稿は二月の十日に書き上げた。

原稿を書くためにいろいろな付き合いをとりあえず中断した。老人ホームの外の句会の講師を一月から欠席している。世話人のM氏に欠席中の句会の運営を全てお願いした。同じくカルチャースクールの講師も欠席している。私が座長をつとめている時事問題を話し合う「枯れ葦せいだん会」もとりあえず延期してもらった。

老人ホームの中にある同好会の俳句は、月に一度でもあるし、欠席せずに続行することができた。同じくホームの中の麻雀同好会は、コロナの関係で一月は中断していた。その他、いろいろな活動を中断して執筆に集中した。

いろいろな活動を休止して原稿執筆に取り組んだおかげで、二月十日に出版社に原稿を送ることができた。

ガンのことは出版社に原稿を送ったあとに考えることにした。考えるといっても、特別なことを考えるわけでもない。今後の生き方のようなことを考えようとするわけだが、ガンになったからといって特別に生き方を変えられるはずもないし、私自身、特別変えようと思っているわけでもない。

渡した原稿の末尾に、自分がガンであることを付け加えた。物書きとして、そのことを書かずに新著を刊行するわけにはいかなかった。知人たちがこれを読んでさまざまな反応をすることを考えると、少し憂鬱な気持ちがしないわけではない。

ガンの告白といったところで、この歳になってのガンはそれほど暗い話ではない。ガンにならなければ何年か余分に生きられたかもしれない寿命が少し縮んだだけの話である。

ガンを告知されたおかげで、死の後始末を計画的にしなければならないという思いはある。恐らく終末は体力がなくなったり、正常に頭脳が働かなくなったりするであろうから、今年中にやれることはやっておかなければと思う。その程度の話である。

ストレスのない陽気暮し

ガン患者だからといって悲壮感を持って生きるのは間違いだ。日常生活に特別な配慮をしながら暮らす必要はないのではないかと私は考えている。

私がガンを宣告されて第一に心がけたのは、長年の生活スタイルを変えることなく生活をするということだった。一時中断していた俳句会も、ホーム内の同好者との麻雀も、仲間たちとの呑み会も、カラオケも、カルチャースクールの講師も、講演の講師も、アスレチックジムも、今までどおり参加して生活しようと思った。すなわち、何一つ過去の生活と変わったところがない生き方をしようと心に決めた。

正常な生活ができるうちに始末しておかなければならないこともあるが、それを第一の目的に据えると、少し暮らしに悲愴感がただよってくる。普段と変わらぬ日常生活を続けながら、人生の後始末は、その間の時間のゆとりの中で処理していくことにしようと考えたのである。日常の雑事に追われながらの後始末には少しの支障が出てくるが、これを何とかクリアしたいものと考えている。おそらく今年一年は体力に大きな異常は出てこないだろうから、一年間はこのスタイルでいってみようと思っている。

コロナで禁止されていたホーム内の麻雀が二月に入って解禁された。私は早速参加した。二月中には三回参加して、いずれも成績は二位である、トップ争いに破れているが、ゲームにスリルを感じて、いささかの頭の体操になったのではないかと思っている。

私が講師をしている地元の「ふるさと句会」にも参加した。みんな心温かく久しぶりの再会を喜んでくれた。この中には私がガンであることを知っている人が何人かいるが、私に接する態度はみな自然体で、私が神経を使う必要もなかった。句会のあと、三人の仲間と一献傾けた。その日私は酒を二合強呑んだ。多少の酩酊感はあった。心地好い酔いである。酒の肴はとろろ蕎麦である。翌朝、体調に特別の違和感はなかった。

生活上、意識して心がけていることは、悪いストレスを感じない生き方をしようということだ。原稿の締切り、講演、カルチャースクールの講師などは若干のストレスがあるが、これはむしろ、健康のためには適度な緊張感をもたらす良いストレスと考えている。

苦痛、不快感、不安、怒り、憎悪、嫉妬、焦燥などの悪いストレスはなるべく感じないように生きてみようと心がけている。そんな器用なことができるかどうか、最初は我ながら半信半疑だったが、心がけてみると、結構できるものである。

朝、目覚めて寝床の中で歌をうたう。童謡、演歌、民謡、歌曲、軍歌など、うたう歌はさまざまで、統一感はない。自然に口をついて出る歌を大声でうたう。妻があきれていることは態度から察せられるが、特別文句をいわれることはない。童謡などで口から出たままうたっていると「その歌詞間違っているわ」などと訂正してくれる。

歌をうたうのは精神的健康法だと考えている。ガンの治療法の一つに「笑い」が有効だということを昔、雑誌に記事を書いたことがある。取材した病院のガン病棟には落語のカセットテープが置かれていて、患者はそれを聞いて笑っているのである。ガンの病状改善にいかほどの効果があるかは疑問だが、笑うことは体に悪いことはないはずだ。私の歌も少なくとも、ガンを悪化させることにはならないだろうと考えている。

私はガン放置の生活術の基本にストレスを感じない生き方、言い換えるなら陽気暮しをしようと思っている。「陽気ぐらし」というのは、宗教団体天理教の教祖の教えで、昔、取材したときに知った言葉である。陽気暮しというのは、今風にいえばストレスを溜めない生き方ということだ。同様に、長寿老人の取材をしたときに、多くの老人が口にした言葉は「くよくよしないで生きている」ということだった。

くよくよしない生き方、ストレスのない生き方が長寿に貢献しているのは事実である。「ストレスのない陽気暮し」を私のガン放置生活術の第一番目に据えたわけである。

ガン患者の食生活

ガン検査の担当医、かかりつけ医の両医師からは、食べ物について特別の制限は受けなかった。私のガンはどんなものを食べてもいいらしい。ただ私の場合、ガンの部位および性質上、腸が詰まるような、海草などは避けたほうがいいかもしれないとかかりつけ医には忠告を受けた。

酒は呑んでもいいらしい。私の調べた範囲では、酒によってガンが進行するとはどの本にも書かれていなかった。これは私にとって大いなる救いである。有難い話だ。酒好きの知人の一人は胃ガンになって酒をやめた。同じように、肺ガンになったヘビースモーカーの知人は、ガンを宣告されて煙草をやめた。本人にしてみれば、特別、酒も煙草も求めなかったのであろう。病気によって酒も煙草ものめなくなってしまったのならこれは仕方がない。私の場合は、大腸ガンになったが、ありがたいことに酒が呑めなくなったわけではない。酒は美味しいし呑みたいと思う。いずれ、ガンが進行して酒が呑めなくなる日がくるのだろうが、令和三年二月現在、今のところは酒を楽しむことができる。

随筆家で俳人の江國滋さんはガンで亡くなられたが、氏の俳句に「おいがんめ酌みかはさうぜ秋の酒」という一句がある。この句から考えて、江國さんもガンになっても酒を呑んでいたらしい。江國さんは結局亡くなられたが、酒が命取りになったわけではあるまい。酒に限らず、どんな食べ物も過ぎれば健康にとって良くないのは当然である。これは、健常人やガン患者にとっても同じであろう。

私はガンを宣告されてから、腹七分目を心がけている。どんなに食が進んでも、七分目のところで箸を置く。酒も同じである。呑めばもっと呑めるのだが、二合程度のところで自重する。二合くらいでやめておくといったら、「二合も呑むんですか？」と下戸の知人に感心されたが、私にとっての現在の酒は、二合で七分目といったところである。

ガンを宣告されてから、特別に食で気をつけている点は、なるべく食物の種類を多く摂るように気を使っている。しかし、老人ホーム暮しでは、メニューに制約がある。その中で少量ずつ多種類の食物を摂るように心がけているわけだ。

例えば朝、パン一枚をオリーブオイルで食べながら、牛乳、野菜ジュース、乳酸菌飲料、ヨーグルト、果物（いちご・ぶどう）、カステラ、コーヒーという形である。米の飯の朝食なら、ご飯軽く一ぜんに、味噌汁、納豆、生卵、佃煮、漬け物、牛乳、ヨーグルト、どら焼き、日本茶という具合である。カステラやどら焼きはあるいは余分な食べ物かもしれない。

昼と夜は、老人ホームの食堂で摂るが、この場合は、ご飯のほかに汁もの、野菜の小鉢、煮付け、メインディッシュ（天ぷら・魚・肉・シチュー・寿司等）とバラエティに富んでいる。出されたもの全てを食べ尽くすことはできないが、残すにしても、少しずつ全ての皿に箸をつける。

ガンになって、少し食欲は落ちた気がするが、食欲の低下は、ガンのためなのか年齢的に食が細くなったのか、そのところはわからない。それでも食品の品数を数多く摂取するようにしているので、栄養のバランスは取れているような気がする。

ガンになって食生活で気をつけていることは、牛乳、ヨーグルト、野菜ジュースは欠かさず摂取するようにしていることだ。

食物で、ガンが消えるなどとは考えてはいないが、体にいいものを食べていれば、体力が維持できて、ガンの進行を少しは止めるような免疫力がつくのではないかと期待しているわけだ。ガンという宿病を身内に抱えていても、体が元気なら、ガンの攻撃の歩みを多少なりとも抑えられるのではないかと考えるわけである。

昔、広告代理店に依頼されて、プロポリスやアガリスクはガンに効果があるというような宣伝文の執筆をしたことがある。しかし私はガンが食物によって消えるというようなことはあまり信じていなかった。プロポリスやアガリスクには何らかの薬効はあるようだが、ガン細胞の働きを抑えたり、消滅させたりすることはないと思う。したがって私はその手の健康食品は食べていない。

今私が服用しているサプリメントは、魚の油であるＤＨＡ・ＥＰＡを含む食品と目に効果があるというルティン含有の食品の二種類である。どの程度健康に寄与しているのかわからないが、いずれにしろ、これらの食品は体に悪いことはないだろうと思って続けている。

メタボのガン患者

170センチあった身長も四年前に計ったら3センチばかり縮んでいた。信じられないので、計測する人に文句をつけたら、冷ややかに「歳をとると身長も縮むんですよ」といわれた。身長は縮んでいるのに、体重は増え続けている。

私の身長では72～3キログラムの体重が良好らしいが、令和三年二月二十六日に体重を計ったら83キロであった。

実をいうと、去年まで、私は常時86～8キロの大メタボであった。一月に入院して絶食、流動食などで5キロほど痩せた。この機会に食生活に配慮して、この体重を維持しようと考えたのだが、食事を規則正しくとっているうちに、一ヵ月で2キロほど太ってしまった。理想的体重にするためにはさらに10キロほど減量しなければならないのだが、無理なダイエットはガンには良くないらしい。せいぜいこれ以上太らないように、メタボはメタボなりに良好な体重を維持しようと思っている。

過去に接触したガン患者は終末近くなると目に見えて痩せてくる。そしてある日帰らぬ人となる。ほとんどが激痩せで骨と皮ばかりになって最期を迎える。ガンの末期の人で太っている人を見たことがない。

太っているガン患者が手術をして、見る見るうちに痩せて、手術をくり返して亡くなっていくのを見てきた。私も、これで手術をすれば、彼らと同じように痩せこけて死んでいくのかと思うといささか憂鬱になる。ガンの病状が進行して痩せていくのなら仕方がないが、手術で痩せていってそれでおさらばというのでは、ますます手術に対して不信感を抱いてしまう。

メタボのリスクは心臓病や脳卒中だが、ガンで死ななくても、心臓病で亡くなるということはありえる。ガンで死なないからといって心臓マヒで死んだのではあまり威張れた話ではない。

歳をとれば、ガンに限らずいろいろな病のリスクを抱えて暮らしていることになる。老人は、どっちみち終着駅はカウントダウンに入ったのだ。

それなのに不思議なのは、ガンだというとほとんどの人から「手術、手術」と鸚鵡《おうむ》返しに返ってくる言葉である。前述の近藤医師の「ガンとは闘うな」というベストセラーが巷に流布しているのに、ほとんどの人は、読んでいないのか、そのことは念頭にないようである。それゆえに年寄りになってもガンと闘う人は跡を絶たないのである。

二十年前、近藤医師の「患者よ、がんと闘うな」との意見に接したとき、日本では「ガンの手術を受ける人が激減するだろうな」と、他人事ながら医学界の経済事情を心配したのだが、それはまったくの杞憂であった。私の周囲には「ガン＝手術」という人がけっこう多い。これには首をかしげてしまう。大方の人はガンになったらまず手術なのである。

私は今はメタボのガン患者である。痩せない理由は酒と甘いもの好きのせいである。だが、いよいよ末期になれば、いかに呑兵衛の私でも、酒も甘いものも受け付けなくなり、見る見るうちに痩せていくに違いない。こうなってしまえば、一巻の終わりである。

二十年ほど前に、家紋入りの特別仕様の洒落た礼服を作った。一度も袖を通さないうちに太ってしまって着られなくなってしまった。

老人ホームに引っ越すときに、妻は「捨てていこうかしら」といった。一度も袖を通さないのに捨ててしまうのは忍びなくて、私は「いずれ着られるようになるさ」

といって捨てずに持ってきた。妻は無言で嘲笑するような表情をみせた。ますます太るだけで、私の体型は家紋入り礼服には程遠くなっていった。今の体型ではまだまだ無理である。いよいよこの世に別れを告げるとき、きっと私は激痩せするに違いない。そのとき、家紋入り礼服であの世に旅立つ自分自身を夢想するわけである。

死を見つめつつ生きる毎日

ガン患者でなくても、八十五歳の我が身は、毎日が死神を連れて歩いているようなものである。愚かというか浅はかというか、今まで、日常的にそのことを意識しないで暮らしてきた。

友人知人に、半ば冗談で「あと二、三年は生きたいものですな」などと笑いながら語ってきたが、何気なく発する言葉に深い思いを託していたわけではない。すなわち口では二、三年といいながら、今までの私はその思いを切実に感じて口に出していたわけではない。

ところが、自分がガンに取り憑かれたとなると話は別である。「あと二、三年の命」という言葉は、今の私には言うに言われぬ現実感を帯びてくるのである。いざガン患者になってみると、何となく「我が命」について語ることは「ものの言えば唇寒し」という感じになってくる。この間まで軽く言葉に出していた我が終末が別な色彩を帯びて意識させられるのである。まさに真実のところ、今のところは元気でも、私の命は長くて二、三年で、場合によったら残る余生は一年かもしれないのである。

五十代、六十代の人がガンを告知されたときのやりきれない絶望感は理解できる。想像を絶するものがある。人はみな、いずれ死ぬ運命にある。それは人生の定めである。「人間は神によって宣告された死刑囚だ」とはよくいわれる警句である。しかし、恐らく実感としてそのことを受け止めて生活している人は少ないと思う。

私はかつて死刑囚を取材したが、彼らの死に向かいあう心境は深刻で悲惨である。残虐無比の殺人鬼に死刑という刑罰を科すということは、そういう意味ではまさに当を得た罰則ということになろう。それほど死を与えられることは恐怖で残酷で、死に直面することは筆舌につくしがたい苦悩である。死刑囚の死に対する態度を見ていると、死の恐怖は人間が本来持っている本能なのかもしれないと考えさせられる。

昔、鹿児島県にある戦時中の特攻隊基地「知覧」を取材したときに、明日出撃という前夜に一夜を過ごす防空壕まがいの宿舎を見た。ここで一夜を過ごす特攻隊員の枕は涙で濡れていたという話を聞いた。泣けるということは覚悟ができていたのだ。本当に死に直面したら、恐怖で涙なんか出てくるものではない。

戦時に生きた若者たちはひとたび徴兵されたら死の宣告を受けたに等しい。生きて祖国に帰るなどということは考えられなかった。戦時の若者は心のうちに死へ向かいあう覚悟を醸成《じょうせい》していた。戦国時代の武士も同じであった。武士というのはいかに潔く死ねるかということが問われていた。「武士道とは死ぬ事と見付けたり」と武士の教養書である「葉隠《はがくれ》」に書かれている。武士たるもの常日ごろから「如何に死すべきか」をたたき込まれていた。

死刑囚も来る日も来る日も死と向かいあっているうちに、死の恐怖を超越して、死を受入れようとする心境を培っていく。そのために仏教やキリスト教に開眼する死刑囚が多い。

若くしてガン告知を受けた患者も類似した心境ではないかと思うのだが、今はガンの治療によって救われることができると考える人が増えている。手術、放射線などの研究が進歩して、治療でガンは治ると考えているのだ。ガンの宣告を受けても手術で助かると考えるからそれほど深刻に受け止めていない。昔はガン患者にガンを告知しないことが多かった。患者に与えるショックが大きかったからだ。

ガン治療に批判的考えを持っている前述の近藤医師によると、多くの場合「助かるガン」は治療をしてもしなくても助かり、「助からないガン」はどんな治療を施しても絶対に助からないというのである。すなわちガンにかかった時点で「ガンの性質」によって、すでに患者の運命は決まっていると説明されている。その論旨からいって、無用な外科治療をガン治療の第一義に考えている現在のガン治療は間違っているというのである。

この二十年前の近藤医師の爆弾発言に対して、令和三年二月現在、今のところ、ガン学界からは納得させてくれるような合理的・論理的反対意見は出ていない。

ガンというと手術で助かると考えている多くの人は、死というものを考える意思を放棄しているように見える。

何度も断っておくが、私が手術をしないのは近藤医師の考え方に感化されたためではない。私は近藤医師のガン治療無用論を唱えた二十年前の、はるかそれ以前から、ガンの手術に対して懐疑的視線を向けていた。

私の場合、当然ながら、近藤医師のように医学的根拠があっての意見ではない。そのために、私は私の手術無用論を公に発信したことはない。せいぜい仲間との酒呑み話として語っていたに過ぎない。これは前著（85歳この世の捨てぜりふ・展望社刊）で初めて書いたことだが、私は近藤医師のはるか昔にガンの手術に疑問を抱いていた。

昔、十名余のガン患者の追跡取材をしたことがある。何しろ、四十数年前のことで詳細は記憶していないが、手術した患者と手術が手遅れの末期患者のほぼ半々である。手術をした患者は元気いっぱいで手術にのぞんだのに、手術後、数ヵ月で転移や再発を繰り返し、ずだずたに切りさいなまれて死んでいった。手術をした人の中で健康を取り戻した人もいたのだろうが、そのことはあまり記憶に無く、手術でぼろぼろになって死んでいった人だけが強く印象づけられている。

それに対し、手術が手遅れのガン患者は、死ぬ三ヵ月前くらいまで私とコーヒーを飲んで談笑したり、極端な例では死ぬ前日に私と電話で会話した例もあった。これらの幾つかの事例を見た私は《ガンは手術をしないほうが、死ぬまで、ある程度の生活のクォリティを維持したまま死んでいけるのではないか》ということを漠然と感じたのである。

しかし、当時はガンは「早期発見・早期手術」の全盛時代であった。医学的に無知な私が、手術に疑問を抱くような発言をすれば、世間的に相手にされないばかりか、各方面からバッシングや嘲笑を受けるに決まっていた。私はせいぜい酒呑み話で私の抱いていた妄想を語ったのだが、誰もまともに私の意見を聞いた人はいなかった。それから、二十年あまり経過して、近藤医師は「ガンと闘うな」という意見を発表して極端にいえば全世界にセンセーションを巻き起こした。私の胸に温めていた妄想が医学者の意見によって、正しかったことが裏づけられたのである。私はやっぱりそうであったかと納得した。

私が抱いていた不安や迷いは近藤医師の発言によってある程度解消された。しかし、現実はそう楽観的でもない。相変わらず巷は手術第一主義である。私が手術をしないで成り行きで様子を見たいという意見に対して反対意見が圧倒的である。近藤医師のベストセラーがいかほどの影響力も与えていないのに驚かされる。

医師たちは読んでいないのか、あるいは読んでも感化されていないのか、私の周囲の医師のだれ一人として私のガン放置について理解を示す人はいない。それなら、医師のだれかから「ガンとは闘え・ガン放置治療の暴論」なる反対意見の書物が刊行されてもいいのに、いまだ発行されたとは聞いていない。

私は、毎日を死と向かいあって、ガンと対話を続けながら一生を終わりたいと考えている。倒れる日まで、普通の生活を続けながら、ガンに叩きのめされるまで無抵抗主義を続けるつもりである。

歯痛と口内炎の春

三月に入って歯が痛み出した。歯痛は久しぶりのことである。ちょうど入れ歯を新調するために歯医者に通っているときだった。ついでに診察を受けた。レントゲンを撮ってみると、銀冠を被せている歯の根っ子が炎症を起こしているらしい。

「抜歯しかありませんな」

歯医者はいった。その言葉に続けて「うちでは技術的に無理なので、大学病院の口腔外科に紹介状を書きましょう」という。

そんなに大変なのかと私は少し驚いた。八十年間、歯医者に通っていてそんなことをいわれたのは初めてだった。すぐに紹介状を書いてもらえるのか思ったら、入れ歯の調整が終わったら、その日はそれでおしまいだった。昨日まで痛んだ歯が、夜になると痛みが無くなっていた。やれやれと思った。しかし、物を噛むとやはり痛みを感じる。

ガンを抱える身としては、生活に支障をもたらすような病気にはかかりたくない。食事に変化が出たり、生活のリズムが狂うのはガンにはあまりいい影響はもたらさないだろうと思う。そういう意味で歯痛も困る。固いものが噛めない。歯と歯が触れると痛みが走って固い物は食べられない。この二、三日お粥のような流動食である。それに牛乳とジュース、ヨーグルトである。牛乳にパンを浸《ひた》して食べることもある。とかく動物性の食品が不足しがちである。栄養のバランスが崩れるのが困る。

動物性食品が牛乳とヨーグルトだけでは心もとないので、久ぶりに卵かけご飯を食べてみる。これは噛まなくていいので食べやすい。歯が痛いときは納豆の粒も噛めない。卵かけご飯で何とか動物性の食品が摂取できる。

一時的に痛みが引いていた歯がまた痛み出した。夜、眠れないような痛みである。

ジーンと痛みが広がって眠りを妨げる。これはいよいよ紹介状を書いてもらわなければならないと思った。紹介先の大学病院は熱海で、電車の所要時間を入れると自宅から一時間近くかかる。これは憂鬱だなと考えながら朝を迎えた。

待ち構えて歯医者に電話を入れた。

「明日から三日間臨時休業ですので、紹介状は四日後ですね」医師は軽くいう。

「今日、書いていただけませんか？」

「今日は予約がいっぱいで、そんな時間がありません」

「何時間でも待ちますから、書いていただけませんか？」

私は懇願したが撥《は》ね付けられた。

「痛むので明日大学病院で診察を受けたいのですか……」

「だめなものはだめです」

私はあきらめて電話を切り、地元の歯科医師に手当りしだいに電話を入れた。

三回目に通じた医師は、私の訴えを聞いて「痛むなら仕方がありませんね。十二時に来てください。昼休みの時間に診察しましょう」と受けてくれた。まさに、地獄に仏の感じがした。

地獄に仏といえば、五年ほど前、講演会の前日、入れ歯が欠けてしまったことがある。歯の無い口で講演に臨むのは気が引けた。応急処置をしてもらえないかどうか、地元の歯科医に手当り次第に電話を入れた。どこも駄目で、やっと受け入れてくれたのは前述の歯科医であった。私はそのことに恩義を感じて、その歯科医を私の主治医と定めて通っていた。ところが、今度は頑として引き受けてくれず、結局袂《たもと》を分かつことになった。人生とはまことに不思議な縁《えにし》につながれている。かつて地獄に仏だった医師は、今度は私の窮状を一顧だにしないのである。

新しく訪ねた医師の診察を受けた。

「大学病院の口腔外科でなければ難しいといわれましたが……、そんなに大変なのでしょうか？」私が訊くと、医師は首を振った。

「簡単ではありませんが、私のところでも治療はできます」医師はいった。

その日は抗生剤と炎症を抑える薬を処方してもらい、その四日後に治療が開始され、痛みから完全に解放された。

ところが、歯痛が治まると同時に口内炎が発症して、今度は患部に食べ物が触れると痛みが走る。

ふと舌ガンではないかという不安がよぎる。《舌ガンでは治療放棄というわけにはいかないな》とふと思う。大腸ガンが舌に転移することがあるのかどうかは知らない。

ただ、口内炎の方は、食事以外では痛みがなく日常生活にはさしたる影響もない。俳句会、講演会、麻雀に特別支障はない。歯痛のときは、麻雀もその他の会合も心がはずまなかった。口内炎はしゃべってもどうということもない。俳句の仲間の一人は「口内炎では話すのも苦痛でしょう?」と案じてくれたが、患部の場所がよかったのか、話すことにはさしたる影響もない。実際はわからないが、三月十日現在口内炎は少し快方に向かっているような気がする。

私の診察を拒んだ歯科医院はなぜかさびれているように感じられる。ソファも痛んでいる。医療器具も古い時代のもので旧式である。

私が最初に助けられたときは、貧しく見えるたたずまいは、金に目を向けない「赤ひげ医者」かなと考えたのだが、今になってみると、患者の心を思いやらないために患者に見捨てられているのかな、などという考えが心をよぎる。私の今度の窮状に手を差し伸べてくれなかったのは、時間が本当に取れなかったのかもしれない。しかし、今度助けていただいた医師は、昼休みの時間を割いて診察をしてくれた。

有難かった。

どんなことをしたって、患者のために二十分の時間を割けないことはあるまいと考えるのだが、私のこの考えは患者の一方的考えで、異論のある医師もいるかもしれない。

医師も人間である。患者のために何が何でも我が身を犠牲にする必要もないことは理解している。しかし、私が手術をしないと宣言したら、なぜか手のひらを返すようによそよそしくなった担当医もいる。可愛げの無い患者と思ったのかもしれない。

患者がどんな治療法を選択するにしろ、患者の身になって患者の意思に寄り添う医師が本当に人間性のある医師と考えたいのだが、これは無いものねだりであろうか？

ガン患者の心をふとよぎる思いである。

多忙なガン患者

一月の終わりから二月の始めにかけて、公的な会合の出席を止めて、四月の初旬に刊行される拙著の原稿執筆に専念した。一月の初旬にガンであることがわかっていたので、原稿を早く書き上げなければという気持ちがあった。出版社には二月の上旬に原稿を渡し、校正も終えて三月の十日に下版した。本の刊行を待つばかりである。

その仕事が終わると、特別に急いでやり遂げなければならない物はない。本当は確実に近い将来に訪れる終末の準備をしなければならないのだが、それだけに専念するのは止そうと考えていた。死と向かいあう悲愴感のある日常生活は極力避けようと思った。何気ない通常の生活の合間に、淡々と終活を進めようというのが私の考えである。そのスタンスから、三月は今まで休止していた各種会合に参加しようと心に決めた。

私の入居している老人ホームは、コロナのために、入居者に対して各種同好会の会合の自粛を要請していた。それが二月に入って一部解除されつつある。麻雀は二月の初頭から解禁になり、私も参加していた。カラオケは七月現在自粛中であるが、八月には解禁になるかもしれない。そうなったらこれも参加しようと考えている。

ホーム内の句会は一月の下旬から解禁で、これには解禁と同時に参加していた。私が講師をしているふるさと協議会主宰の「ふるさと句会」は、退院後一ヵ月ほど休んでいたが二月下旬の会合から出席している。同様に出席を断っていたカルチャースクール「百歳志塾」も三月二十日の卒業式には出席することにした。

老人ホームの句会もふるさと句会も、世話役として、俳句の選別や人数分のプリント作業などで多少の時間は割かれる。麻雀も週一で、月四回、午後の時間がまるまるつぶれる。カルチャースクールのほうも、参加者のリポートなどに目を通して講評しなければならない。少なくとも、三、四日の時間は取られる。

一月からコロナのために休会していた「枯れ葦せいだん会」（時事問題を話し合う老人会）も三月から再開した。私が座長を拝命している会だが、ホームの施設から自粛の要請を受けているカラオケ喫茶に場所を借りている関係上、三月の会には私は出席を見合わせた。この会は酒を呑みながら放談する会なので、コロナ予防にはあまり適している会だとは言い難い。コロナの終息次第では参加しようと考えている。

今の日常生活はガンの自覚症状が感じられないので、ガン患者として暮らす上で、特別に影響は受けていない。

伊豆半島には早咲きの桜もあり、桜は二月の末から咲きはじめている。三月の下旬には花盛りになる。昔、若いガン患者を取材したとき「私は来年は桜は観られないでしょう」と語っていたのを、いつも桜の花の咲く時期になると思い出す。取材場所のレストランの庭には桜が咲き乱れていた。その人は三十代の若い女性の末期ガン患者であった。取材したのは私が五十代の半ばで、私自身、死に対しての切実感の薄いときだったが、八十代に入ってからは、病気に関係なく「来年の桜を観られるかな？」という思いが心の縁《へり》をよぎるのである。

八十歳ともなれば、何時死ぬかわからないという思いが日常的について回る。脳卒中、心筋梗塞、転倒など、危険因子をいっぱい抱えて暮らしている。老人ホームで親しくつき合っていた人の突然の訃報はたびたび経験している。昨日まで元気だった人が、転倒して頭を打って帰らぬ人となった例もある。私もあきれるほどよく転ぶ。他人事ではない。

私は少年時代「××町の三四郎」と呼ばれた柔道少年だったが、今やその面影は全く無い。大した原因もないのにいきなり転倒する。この調子では、私も何時転倒して突然帰らぬ人となるかわかったものではない。こんな状態であるから、来年の桜が観られるかどうか心もとないのは当然のことである。その思いは、ガンを告知されてから一層切実である。来年の桜は幸いにして観られるかもしれないが、ガンと暮らす身では再来年《さらいねん》の桜は観られるかどうか全く不明である。

去年までは桜に対する向かいあい方は通り一遍だった。私の場合は昔から桜といえば酒だった。花を観るより酒を呑むことに傾いていた。しかし今年は違う、心して桜を鑑賞しようと思う。

もちろん酒は呑む。しかし酒が主というより、花の美しさを心にとどめようと思う。この世で、生きて観られるのはこれから何年もないだろう。桜の美しさを今年は心にとどめようと思うのである。本当は桜だけではなく、この世で出会うすべての現象は死の定まっている者にとっては、今この瞬間がかけがえの無い出会いなのだ。

麻雀や俳句、各種会合に参加して、その上に桜を観たり、あれこれを体験しようと考えると、ガン患者も結構多忙なのである。こんなに忙しくては、死の準備に時間が割けるかどうか心もとない。

ガン告知二ヵ月めの自覚症状

恐らく、私のガンは何年も前から発症していたに違いない。時々、いうにいわれぬ胃腸の不調があった。ふと「ガンかな?」という思いが心の底を走ることもあったが、その都度その思いを打ち消してきた。酒は相変わらず呑んでいたが、最近は酒の量が少し減った気がしていた。その時々に感じていた胃腸の不調がガンのためのものかわからない。

昔、といっても十年くらい前だが、年長の呑み友達がいた。私同様、際限なく呑む人だったが、ある年から酒量が落ちてきた。体調が悪いようには見えなかったが、やがて大腸ガンを手術したことを人伝に聞いた。音信が途絶えたまま、手術一年後にお嬢さんの名前で喪中欠礼のはがきをいただいた。

彼の酒量が落ちたのはガンのためではなかったのかな？と、漠然と感じることがあった。その頃、彼は今の私の年齢くらいではなかったかと思う。近年、私の酒量が落ちたのもガンのためかもしれないが、特別にはっきりした自覚症状を感じているわけではない。酒に関していえば、呑まない日々が続くと呑みたくなる。歯痛と口内炎で半月余り酒を中断していたが、これらが快方に向かったら、酒が呑みたくなってコップに半分ほど冷や酒を呑んでみた。一口呑んだときは美味だったが、それ以上呑みたいとも思わなかった。

食欲に関しては、ガンの有無にかかわらず、歯痛と口内炎では食欲がわくはずがない。退院してきて、普通の食事に戻ったら、五キロ減った体重がすぐに三キロ戻った。五キロ減ってもまだメタボである。減ったことをチャンスととらえて体重を維持すればいいのだが、普通に食事をしているとすぐに太ってしまう。困った体質である。酒が好きなのに加えて、甘い物好きときている。尋常の手段ではメタボは解消しない。

前述したように、食生活に関しては腹七分めを心がけている。ガンと共存するために健康的な生活を心がけようと思っている。歯痛と口内炎では心がけなくても、腹六分目になってしまう。三キロ戻った体重がまた三キロ痩せた。それでも八十一キロである。七十五キロが理想的だとすると、あと六キロ痩せなければならない。

この二、三年少し体力が落ちた気がするが、もともと体力を使うような仕事やスポーツをしているわけではないのだから、本当に体力が落ちているのかどうかもわからない。疲れやすくなったとはいえ年相応だとも思う。ガンのための体力低下かどうか不明である。

ガンのために何か変化が起きたかといと、そのことについては、今のところ、あまりはっきりしたことはわからない。特別に変わった自覚症状というものはない。

かかりつけ医からは、会うたびに便通のことを確認される。大腸内のガンが進行して腸閉塞になることを気にかけているようだ。その心配も今のところはない。今のところ快便である。自分ではガンを身内に飼っている感じはしない。ガンのことを瞬時忘れて過ごしていることが多い。

七十過ぎのガンは老化現象

ガンというとみんな深刻になる。ガンは直接命に関わる病気だからである。若い人のガンはより深刻である。若くして死刑の宣告を受けるのと同じだからだ。しかし、年寄りのガンは老化現象である。歳をとると細胞の劣化や遺伝子の変調でガンが出来やすくなる。いってみれば、高齢になると、老眼になったり、難聴になったり、入れ歯になったりする現象とガンの発症は同じ老化現象である。目や歯の老化現象は、直接命《いのち》に関わりがないから、年老いた我が身を嘆くにしろ、ガン宣告のようには深刻に受け止めない。

考えてみれば、老化現象が始まったということは、生命の枯渇も始まったということである。言い換えるなら、老化が始まったということは、死が近づきつつあることである。実をいうと老人になることこそ救いがたい苦悩であるはずなのだが、そのことについては人はあまり深刻に受け止めてはいない。

老化現象が始まったということは、死に近づきつつある前兆ということでもある。その一つがガンの発症である。ガンはある意味で、究極の老化現象ということかもしれない。老化現象ということなら、そのことをあまり深く考えても仕方がない。人間である限り老いて死んでいくのは自然の摂理である。

私がガンの告知にあまり動揺しなかったのは、年寄りだから仕方がないという思いがあったからだ。顔がしわくちゃになるのとガンの宣告はイコールと考えるべき出来事である。しわくちゃの老顔は悲しみだが、嘆いてもどうにかなるものではない。同様にガンで死ぬのも自然の掟である。じたばたしても始まらない。

歳老いれば、ガンにかからなくても、急死の条件が備わりつつある。何十年にも渡って働き続けた血管も肺も肝臓もボロボロである。それが老化である。年寄りはいつ突然死に見舞われるかわかったものではない。それが年寄りの現実なのだ。そのことを老人は覚悟していなければならない。

足腰が弱った老人は、病気だけではなく、転倒して頭を打って死ぬかもしれない。

いうなれば、心身ともに劣化している老人はいつも死と背中合わせで生きているのである。

それなのにガンというと目くじらを立てるのはいかがなものかと思う。医師の中には死ぬならガンで死にたいという人さえいる。ガンと宣告されてからも体調的にはしばらくの間は正常な生活ができる。この間に心置き無く死の準備ができる。苦しんでのたうちまわって死ぬというのは、間違った治療法でガンと闘うからである。

もちろん肉体がガン細胞に蹂躙《じゅうりん》されて死ぬのだから、終末が近くなれば、肉体的に苦しみや痛みが出てくるのは当然である。その時こそ進歩した医学の恩恵を受けてモルヒネなどの医療用麻薬によって痛みを消去してもらえばいい。

医学が発達したといってもガンという病気はまだまだ未知の病気である。ガンの予防法やガンのワクチンはまだ発見されていない。

何度も述べているが、近藤誠医師はガンの治療法は95％が間違いだという。これほど進歩した医学の世界で、ガンの絶対的治療法は確立されていないのだ。ガンといえば切り取るという百年一日のごとき治療法がいまだに主流である。

今まさに、枯れて土に還ろうとする樹木にいかなる治療法を施しても意味がない。

自然の摂理で樹木はこの世から姿を消すわけである。老いてガンになるのも同じ理屈である。手術をしても、放射線をかけても、ましてや抗ガン剤を使ってみても老化を止めることはできない。無理なあがきは止めたほうがいい。

百歳時代の七十歳は確かに若すぎる。しかし、肉体の年輪は自然の摂理によってガン細胞を発生させたのである。まぎれもなく肉体は老化したのである。七十歳代でガンを宣告されたら、私もずいぶんと我が身を恨み、悩んだ末にガンと闘う道を選んだかもしれない。偉そうなことはいえなかったと思う。

しかし、私は老いてのガンは、神によってくだされる人生の引退勧告だと考えている。私の場合、もっと早く勧告を受けてもいいのに、神の慈悲で、八十歳も半ばを過ぎてのガンである。ずいぶん神は寛大な処置をしてくれたものだと感謝をしている。

老友と酒友

「百歳志塾」というカルチャースクールがある。俳句の仲間の一人が事務局長という関係で、立ち上げのときからいろいろと愚論を申し上げてきた。いつの間にか総合アドバイザーなる肩書きをちょうだいして運営の一端を担うことになった。

令和三年三月二十日の土曜日に創立以来第二回目の終了式が町の公民館で行われた。終了リポートは「ミニ自分史」である。私の発案による企画だったので、私がリポートの講評と優秀作品の表彰を担当した。

そのことが本稿の目的ではなく、会の後の酒席の話である。私の関わる俳句にしろ、カルチャースクールにしろ、会や授業が散会すると、その後、参加者の有志数人で酒席が設けられるのが通例となっている。

三月二十日の終了式の後も酒席が設けられた。場所は町のそば屋である。そばを肴に酒を呑むわけである。

考えるとある種の感慨がある。若いときから酒を呑み続けてきた。学生時代の安酒に始まり、仕事仲間との酒、呑み友達との酒……と、酒にはいつも友達がいた。独り酒、手酌酒もたくさん体験したが、多くの場合は呑む相手がいた。

革命について語り、恋について語り、文学について語りながら酒と雰囲気に酔いながら時間を費やした。もちろん、愚痴や嘆きや恨み言を語り、時には酒友にからんで殴りあったり、見知らぬ酔客に叩きのめされたりした。

当然のことながら酒を呑む相手がその時々で変わってくる。仕事仲間との酒の機会が多く、その関係で、呑み友達も微妙に変わった。私の半生は物書き商売だったので、相手が仕事の中身で変わることもあった。私の場合、サラリーマンのように何十年間も会社の同僚のように同じ人と関係が続くという仕事ではなかった。

そんな関係で驚くほどの多数の人と呑み友達になった。中には大会社の重役もいれば、ホームレスや危ない職業の人とも酒を呑んだ。

私は今でも仕事を続けているが、昔のように対象の幅が広くはない。限られた範囲の中で仕事をいただいている。当然ながら呑み友だちの範囲も狭まっている。年々歳々友達とも疎遠になっていく。当然のことだ。今は酒友は同年輩の人が多い。相手も年寄りになって社会生活に背を向ける歳になってくる。若いときのように呑むために集まるということも少なくなってくる。

私は二〇一四年から、伊豆半島にある自立型老人ホームに入居している。そこで新しい呑み友達ができた。また老人ホームのある町で開かれる句会やカルチャースクールで、新しい呑み友達ができた。

若い日の呑み友達も懐かしい。しかし、その関係が永遠に続くことはまれである。

生まれた場所で青春期、壮年期を過ごした人は老いても呑み友達は変わらないかもしれない。しかし、そういう例は少ないのではないか。私のようなボヘミアンに似た生活を続けながら歳老いた者には、呑み友達がその時その場で変わってくる。そして、最後は終《つい》の住処の周辺の人と呑み友達となって人生が終わる。

「終の住処《すみか》」という言い方がある。人生最後の住むところという意味である。それに倣《なら》えば「終の酒友」というわけだ。

三月二十日のカルチャースクール終了式を終えた後に「終の酒友」が集まった。そこで問われるままに自分がガンであることを告白した。私を入れて五人の仲間で、二人は私がガンであることを知っている。

少し間が悪かったのは、その中の一人が、三回目のガンの手術を三ヵ月前に終えたばかりだった。私がガンと闘わない理由の一つに、手術することで次々に転移ガンが発見されて手術がくり返されることがあるが、酒友の一人はまさに、そのパターンをくり返していた。私がガンと闘わない理由を力説すればするほど、その酒友の現実を非難しているように聞こえてしまう。これには困ってしまった。

彼は三ヵ月目で日本酒を呑むのだという。一合余りの冷酒を一時間ほどかけて、ざるそばを肴に呑み干した。

翌日、電話を入れた。少し心配だったからだ。電話に出た彼は「かえって調子がいいような気がするんだ」と笑った。そのとき、彼を見ていると手術もありなのかなと考えた。これで健康を取り戻せば、ガンと闘うのも決して間違いではなかったことになる。

「平成の三四郎」古賀稔彦ガンで死す

令和三年三月二十四日、柔道家の古賀稔彦さん死亡のニュースが流れた。

ガンを患う者にとって、ガンで死んだ人のことは気にかかる。古賀さんの死亡について、詳しい事情はまだ不明だが、昨年ガンの手術を受けたと報じられている。

古賀さんもやはりガンと闘ったのである。不屈の柔道家としては、みすみすガンなどに負けてなるかという気持ちがあったのかもしれない。

ガンと闘った有名人の何人かはガンに敗れて亡くなっている。「ガンと闘うな」の著書を持つ近藤誠医師にいわせると、名アナウンサーだった逸見政孝さん、女優の川島なお美さん、歌舞伎役者の中村勘三郎さん、芸能リポーターの梨本勝さんなどはガンと間違った闘い方をしたと語っている。

梨本さんの場合は抗ガン剤によって急死したと近藤医師は書いている。私は偶然にも梨本さんと亡くなる五日前に会っている。会ったのは仕事の打合せであった。打合せが終わって私が病室を出るときに彼は言った。

「今まで使ってきた抗ガン剤は効かないんで、明日から別な抗ガン剤に切り替えます。今度は元気になりますよ。退院したら一杯やりましょう」

彼は明るい声でいって握手の手を差し出した。握力も確かで私には元気いっぱいにみえた。明るく元気そうで、ガンと闘っているようには見えなかった。しかし、結果的にガンに挑んで梨本さんは敗れたのである。四日後、仕事先の出版社から梨本さんの訃報が伝えられた。あまりに急なことで驚いた。このとき、私は抗ガン剤がいけなかったのではないかという疑念が心の底にかすかに影を落とした。

古賀さんも一年前にガンの手術を受けられたという。古賀さんの場合もガンと闘わないほうがよかったのではないかという思いが私の内部で小さく泡立った。古賀さんはまだ若い。私の息子といっていい歳である。この若さではガンと闘いたくなる気持ちもわかる。しかし古賀さんのガンも、闘わなければあと何年間かはガンと共存して生きられたのではないかと思ってしまう。しかしながら、この見極めも相当に難しい。古賀さんにしてみれば手術をして完全にガンと縁を切って、再び柔道家として活躍したかったのかもしれない。切れば潜んでいたガンが暴れ出す。ガン細胞が反乱を起こすということに、古賀さんが思い至らなかったのは仕方がない。

ガンと闘わずに成り行きに任せるか、ガンと闘ってねじ伏せるかの判断は患者個人の意思に委ねられている。多くの医師は闘えという。近藤医師はガンとは闘うなという。この判断は通常の場合、患者自身の意思で決断を下すしかない。

古賀さんは闘いの道を選んだ。結果的にガンに負けたことになる。

ただ、私としてはかすかな救いは古賀さんの最期である。報道によれば、古賀さんは、前夜、いつもと変わりはなく寝室に引き上げたという。朝、奥さまが起こしにいって古賀さんが亡くなっているのに気がついたという。少なくとも前夜まで、苦痛を感じていなかったのであろう。果たしてガンが死因かどうかも今のところはっきりしない。ガンには勝ったのだが、他の病に騙し討ちにあったのかもしれない。

いずれにしろ、早すぎる痛恨の死である。心からの冥福を祈る。

ガン告知半年目の精密検査

ガンの告知を受けてから半年目で精密検査を受けることになった。ガンの治療はしないと決めているのだから、実際のところ検査は無意味である。だが、半年でどの程度進行しているか確かめてみたいと思ったのである。

私がガンの疑いを持ったのは前年の夏からで、ガンの治療はしないという前提で検査を受けたのは九月だった。その時にCTの画像に大きな腫瘍の影が映し出された。血液検査のマーカーの数値もそれほど高くはなかった。三ヵ月ぐらい様子をみようということになった。そして三ヵ月後の十二月に二回目の検査を受けたのだが、その時も画像や血液検査では大きな変化が見られなかった。

それで、翌年の三月に三度めの検査をしようということになったのだが、翌年の一月、腹痛と下痢で入院することになった。実際は年末から不調が続いていたのだが、医療機関が年末年始の休みで、四日の仕事始めまで待っていたのだ。四日には数日続いていた不調は収まっていたが、成り行きで病院に運ばれた。検査のため入院することになった。直接の病名は大腸炎だったが、内視鏡の検査で二ヵ所にガンがあることが判明した。画像の腫瘍はやはりガンだったのである。

最初の大きなガンは腸閉塞の危険があるというので、腫瘍と腸壁の間に細い管（ステント）を入れてもらった。もう一ヵ所のほうのガンは肝臓に近い部位であった。

年末からの腹痛や嘔吐は、腫瘍に食物が一時的に遮断されて炎症を起こしたのかもしれないというのが、かかりつけ医の予測である。

告知を受けたときは「やっぱりガンであったか」という思いだった。かかりつけ医を含めて面接した複数の医師には手術をすすめられた。しかし治療しないという私の心は決まっていた。私としてはこんなに長生きをしようと思ってはいなかったというのが正直な気持ちである。それなのに、いつの間にか予想以上に生き長らえた。

私は、何十年も前からガンの手術はしないと決めていたので、今更その説を曲げようとは思わなかった。正直な気持ちとしては、これが六十代、七十代前半の告知であったら、相当に迷ったと思うが、何しろ告知を受けたのは八十五歳である。ガンでなくとも死の病に取り憑かれても仕方がない終期高齢者である。告知は冷静に受け止め、自分の信念にはいささかの揺るぎもなかった。

私は若い時から病気は運命という考えを持っていた。加えて老齢になってからのガンは一種の老化現象と考えていた。老化現象に逆らっても仕方がないではないかという考え方も私の心の片隅に潜んでいた。運命に逆らわず、老化現象を虚心坦懐に受け止めようと考えたわけである。

六ヵ月目の再検査は想像以上に悪いものだった。初発の病巣はほとんど変わりはなかったが、腹部の数ヵ所に転移が見られるというのである。こうなってみると、手術を拒否したことはむしろ正解だったようにも思う。手術後に転移が発見されたら大きな後悔をしたと思う。何しろ、私はガン反乱説の持ち主である。手術で潜んでいたガンが暴れ出すという考えを五十年くらい前から持っているので、手術後に転移を告げられたら手術のせいだと考えてホゾを噛んだと思う。

血液検査の結果もよくなかった。数値だけでいえばステージ4くらいだという。いうならば末期ガンである。

私は他人に自分のガンの話をするときに「うまくいけば四、五年は生きられるかもしれません。悪く考えても、後一年は大丈夫でしょう」と語っていた。検査の半月前ほどのカルチャースクールで「死について」の勉強会のテーマ講演でもそのように述べた。しかしこれはどうやら間違いだった。「よくて一年、ひょっとすると、数ヵ月の命かもしれません」というのが正しかったのである。

うまくいけば三、四年は生きられるかもしれないと考えていたのに、どうもそれは無理らしいことがわかった。正直な気持ちは、いよいよこれで我が人生も終わりかと思うと、一抹の淋しさは感じた。しかし、大きなショックではなかった。後三年くらいは生きられると思っていたのが、予想以上に短くなっただけのことである。

本書の原稿を書き終えたら知人、友人に別れの手紙を書かなければと思った。差し詰めその程度の感慨である。

つくづくガンでよかったと思う。これが、脳卒中や心臓病だと何の心構えもないまま にこの世に別れを告げなければならない。ガンのおかげで死に対しての心構えを持つことができるのである。突然死では人に別れを告げるというようなゆとりがない。

ガンはじわじわと死が近づいてくるのだからその間にいろいろな準備ができる。

そういう意味で無駄な検査のようにも思えたが、再検査にはそれなりの意味があったのかもしれない。

第二章

私は千の風になる

拙著の新刊でガンを告白

令和三年三月の末に拙著「85歳 この世の捨てぜりふ」の新刊の見本が届いた。全国書店発売は四月七日ごろになるらしい。歳相応、人生に別れを告げるつもりで、よしなし言を書き連ねた一書である。サブタイトルは「さらば人生独りごと」ともっともらしい。

本書の中で私がガンを告知されたことを書いた。書こうか書くまいか迷ったが、物書きとして、ガンの事実を伏せたまま著書を刊行することにためらいがあった。思い切って事実を書いた。そしてガンとは闘わないと言明した。

ガンであることを公表することが、以後の生活にどのような影響をもたらすかまったく見当がつかない。

私としては、願わくば特別扱いされることを好まない。世の中に流布する拙著の読者に注文をつけるわけにはいかないが、著者としては同情の視線はご免こうむりたいのである。「なるほど、そういう考えもあるのか」と冷めた眼で読んでいただきたい。虫がいい考え方かもしれないが、私としては、この世のガンと闘わないガン患者に共感してもらいたいのである。

ガンと闘わないということは、案外強い意思とある程度明確な死生観が必要である。そうでなければ、平静な気持ちで日々を過ごすことはできない。私としては、ガンと闘わずに暮らしている同病者と人生観を共有したいのである。

四月三日の今日現在、公的に拙著が出回っていない。搬入が五日だというから、全国書店に本が並ぶのは七日ごろであろう。私には見本が届いただけで、私が版元に注文している書籍も手元に届いていない。したがって私も誰にも献本していない。私がガンであることはこの世の限られた人にしか知られていない。

私がガンであることを知った人たちのリアクションを懸念する。私としてはガンになったことは大した出来事ではない。老化現象としてのガンの発症である。若い人のガンとは違う。私は十分に長い人生を生きた。ガンと格闘して勝ったにしろ、余生はたかがしれている。今まで私は、九十歳、百歳まで長生きすることなど一度も考えたことはなかった。ガン告知は「やはりいよいよ私の消えていく潮時ですか」という思いで受け止めた。

拙著の中で「歳老いてのガンは神による人生の引退勧告だ」と私は述べている。その思いにいささかも変わりはない。神の啓示にまったく逆らうつもりはない。死んでいくことに多少の心残りはある。しかしそれも大したことではない。何が何でも生き残って心残りを消し去らなければならないというほどのことでもない。私の生涯は、ある意味で「我が人生に悔い無し」ということである。

居眠りするガン患者

「春眠暁《あかつき》を覚えず」というが、このごろよく居眠りをする。テレビを観ているうちにいつの間にか居眠りをしている。ちょっと油断していると睡魔にとり憑かれる。絶対観ておきたいテレビ番組など、居眠りのために見逃してしまうことがある。

夜の睡眠が不足しているわけでもないと思う。最低でも六時間、多いときは八時間近くも眠ることがある。しかし、よく夢を見る。また夜中に何度か目覚めて睡眠がこま切れになったりすることもある。私の睡眠の質が良くないのかもしれない。それで日中、居眠りをするのだろうか？

朝の目覚めが悪いとも思わない。寝足りないと感ずることも少ない。夜中まで原稿を書いていたりすれば寝起きに頭がぼんやりするのは当然のことである。そんなことは月に一度あるかないかである。

年寄りが縁側などでこっくりこっくりしている姿は人間社会の見慣れた風景だが、年寄りというのはよく居眠りをするものなのだろうか？　私もまぎれもなく年寄り中の年寄りだから、世のならいどおり居眠りが多くなったのだろうかとも考える。

まさかガン患者は特別に眠くなるということがあるのだろうか？　そんな文献に接したことはない。

私が子供のころ、母が肺結核で長期療養者となった。地元の病院の結核病棟や、高原のサナトリウムに入所して療養した。母が発病する前に眠い眠いと呟いていたのを子供心に記憶している。病に蝕まれた母を得体の知れない睡魔が襲っていた。

果たして母を襲った睡魔は結核のためかどうかはわからない。だが、その時のことに思いをはせて、私もガンを抱えているために眠くなるのだろうかと考えたりする。もしそうだとすると、日中睡魔に襲われるのはあまりありがたいことではないとも思う。

しかし、日中船を漕ぐのは本人には心地好い。母の病の前兆は常時襲ってくる睡魔だったが、その時の母も心地好いと思っていたのか、それとも、病の前兆としての居眠りはそれほど心地好いものではないのか、その辺のところは今の私には不明である。

たとえガンのために襲ってくる睡魔であっても、患者本人が心地好いのであれば、それはそれでいいのではないかと思ったりもする。どうせガンと闘わない身では、辛いよりは心地好いほうがいいに決まっている。

ガンと居眠りには何の因果関係もなく、眠くなるのは単に私が老齢のためかもしれない。あるいは、春という季節のためかもしれない。我が身の変化について、どんな些細なこともガンに結びつけて考えるのは、やはりガンと共に暮らす我が身の習い性かもしれない。

親の心子知らずはこの世の真理

「親の心子知らず」というのは人間の性《さが》としての真実である。人間というものはそういうものである。本来、親と子の間柄というものはそのようにできている。広い世間を見渡してみても、子供が自分の心を解ってくれないと嘆いている親がほとんどである。この真実に直面して、淋しい思いをしている親がこの世にたくさんいる。しかし、淋しいと思ってもどうにかなるものではない。親というものは、もともとそういうものである。

しかし、淋しく思うのは親の勝手で、子供の預かり知らぬことである。子供は自分の無理解で親を淋しがらせていることなど思いも寄らない。当然至極のことである。逆に親が自分のことを理解してくれないと、子供のほうが淋しがっているかもしれない。

考えてみれば、子の心が我が意に反しているために淋しく思っている親たちも、振り返ってみるに、自分自身、親の心など忖度もしないまま成長し、その親と死別しているのである。我が身と照らし合わせてみて、子の無理解を非難できる人はほとんどいないはずだ。相当に親孝行だと自負している人も、遠い昔、実際は親の心の万分の一も理解していなかったのは事実である。

親というものは我が子に、我が内面を理解してもらおうなどと考えるのは、大きな間違いなのである。

親は子供を授かったなら一人前になるまで育てる責任と義務がある。子のために親は餌を運び、子供が自分で餌を確保できるようになるまで育て教育するのは当たり前のことである。動物の親と人間の親も基本的には同じである。

時に親が子供を怒鳴りつけることがある。

「誰のお陰で大きくなったと思っているんだ！」

実はこれは、いってはならない決定的なひと言である。なぜなら親が子供を養うのは自然の摂理であり、子供に恩や愛を押しつけるために餌を運んだわけではない。

子供を育てる動物は、自然の摂理で育てているのであって、子供に恩返しや親孝行を求めてのことではない。動物の世界では、子供が餌を自力で捕れるようになると、親は子供を自分の生活のエリアから追い出してしまう。

動物の子供は親に恩も感じていないし、親は親で育ててやったことで子供に恩義を押しつけているわけでもない。自然の営みが親と子を結びつけているだけのことである。

人間と動物を一緒に論じるのはけしからんという人がいるとしたらそれは間違いである。人間も動物も基本的には同じなのだ。

もちろん人間には知性がある。それゆえに本能を超越した「愛」というような心情を育んだりする。「情愛」「絆」といった感情は、あくまでも知性によって生み出された産物であり、子と親の関係、その「原形」は動物の親子や動物の子育てと同じである。

親という立場は、子供を一方的に庇護し慈しみ、育てて、広い大海や原野に解き放してやるということだ。その摂理が原形であるかぎり、親は子供に親の心を理解してもらおうなどとは考えないことだ。

動物学者ではないので動物の生態は詳しくはないが、動物の世界にも子育ての上手な親も不器用な親もいるらしい。子育ての未熟な親に育てられた子供は餌の捕り方も下手で、苛酷な自然のサバイバルを生き抜いていけないのではないかと考えたりする。大自然は厳しいから、そんな子供は不完全な親のために満足に生を全うできないかもしれない。

人間社会は未熟な親に育てられても、それなりに生きてはいけることもあるが、いびつに育ってまともな社会生活を送れなかったりする例は時々見かける。

子供が不始末を犯した場合、二十歳過ぎた子供の振る舞いについては「親の責任ではありません」などと語る人もいるが、果たしてそうだろうか？

貧しくても、下積みでも、立派に生きている人もいる。そんな人と出会うと、この人の親御さんは、立派な子育てをしたに違いないと考えたり、感心したりする。

その逆の場合もある。この人、確かに地位も名誉も学歴もある人なのに、どこか人間として欠落している部分があると、この方の親は何か間違った子育てをしたのではないかと考える。

人様のことはともかく「お前自身はどうだ？」と問われると一言もない。何しろ、私は嘘吐き八百の売文を仕事にしてきた。そんな自分の立場や生き様を棚に上げて、子育てでは「人間嘘だけはつくな」としつけた。そんな誤魔化し教育でも、子供は可もなく不可もなく平凡だが一人前の人間に育った。

我が子は、親の心を知らない代表的な子供ではあるが、何とか普通人として暮らしている。私自身も世渡りが上手といえない親だから、さぞかし子供の教育においても未熟だったに違いない。その分、子供が苦労したのは当然である。

動物界では、絶対に鳶《とび》が鷹を生むことはないが、人間社会では親を反面教師として、親の教育は未熟でも、子供はまともに生きていける知恵が身に付くこともある。

人間の死亡適齢期

年を重ねるごとに、人様の訃報が心にしみる。特にガンを告知された我が身としては早晩あの世に旅立つ身であれば、人様の訃報がことのほか気がかりになってくる。

昔、老実業家をインタビューしたときに、その老実業家は、朝、新聞を手にして、死亡記事を最初に目を通すと語っていたことを、私は歳老いてから突然思い出した。人様の死亡記事に興味を抱く実業家の習慣は、死亡記事の中に知人の名を見つけるためというより、死亡者の年齢を確かめるためである。

実業家からその話を訊いたのは私が三十代のころで、その時には老実業家の言葉を気にも止めずに聞き流した。ところが、何十年も前に訊いた話が、三年ほど前に突然よみがえったのである。その時はガン告知を受ける前だったが、老いが深まるにつれて死の予感めいたものを感ずることがあったためか、やはり人様の死亡年齢が気になりだした。自分の死が身近になって突然、他人の死んだ年齢に関心が向けられたわけである。加えて今、ガンを宣告された我が身としては、老実業家のあのときの言葉が、昨日のことのように思い返されたのである。

死亡記事で何が気になるかというと前述のように死者の死亡年齢である。死亡した人の享年に関心が引き付けられるのである。

死亡記事の当事者が自分より年長だと「この人は私よりも長く生きたからまずまずの人生だったな」などと考える。逆に死亡記事の当事者が私より年下の人だと「この人よりは長く生きた。私もいつ死んでも悔いを残すこともないな」と考えたりする。ときには「この方はもう少し長く生きてもよかったのに……」と考えることもある。

青年の死は論外である。また同じく百歳近い人の死も論外である。若年、超高齢の人の死を自分の身に比べようもないからである。

うら若い人の死は、事故か病気か自殺である。死因は何であれ、若い命の消滅は痛ましい。何でこんなに早く死ななければならなかったのか、残された家族の心中を思うと胸が痛む。確かに人生は長く生きればいいというものではないが、長く生きれば生きるほど人生の持つ味わいのようなものが解ってくる。そのことが解り、その感慨をいつくしむことも人生を生きる妙味である。馬齢を重ねることにもそれなりの意味があるのだ。どんな人間でも無駄に生きたという人はいない。

百歳近い人の死亡記事にはただただ感服するのみで、自分とは余りにかけ離れた死亡年齢であり、感想の述べようもない。私自身は享年百歳をそれほど羨《うらや》ましいとは思わない。心の片隅に「ご苦労様」という思いが走る。さすがに百歳ともなると永久《とわ》の別れが持っている悲しさも淋しさもやや薄らぐ感じがする。百歳の死はまさに大往生である。「よくぞまあ、見事に長い人生を生きましたね」という思いだ。

人間社会には「適齢期」という言葉がある。「彼女は結婚適齢期だね」などと語る。何かを成すために適した年齢が適齢期である。時代や社会の変化で適齢も微妙に異なってくる。そういう意味で、適齢ということはそれほど確かなものではない。

老人の死亡適齢期について考えてみた。人間の死に適齢があるはずはないが、あえて適齢を考えてみた。日本人男女の平均寿命辺りが老人の死亡適齢期といっていいのかもしれないと思った。

となると、男性は八十一歳、女性は八十七歳の前後ということになる。これに当てはめて考えると、私はすでに死亡適齢期を過ぎていることになる。医学、科学の進歩で、年々平均寿命は伸びているが、八十歳代に亡くなるのは人間の死亡適齢期といっていいのではないか。時間的に、過不足なく人生を生きたということである。

私は後、一、二年の命だが、私の年齢はまさに死出の旅路に向かう花の適齢期ということになろう。我が死を適齢期だと考えると、悲しくも淋しくもない。私の生涯は適齢期に閉じるのである。

死と向かいあう日々

ガンの告知を受けて、ガンと闘わないと決めた私は、見方によっては死刑を宣告された囚人のようなものだ。

昔、死刑囚の取材をしたことがあるが、あのときの死刑囚の心境と、いまの私の心境は大きな相違があるような気がする。私は間もなく死を迎える身ではあるが、死刑囚のように死に対してそれほど深刻な意識を持って毎日を暮らしているわけではない。

私は死刑を宣告されるほどの悪事を犯したわけではないから、ガンという病を刑罰として与えられたわけではない。もちろん罪の意識はまるでないし、ガン告知を刑罰と考えていないのは当然である。死を宣告されたという意味では、形は死刑宣告と同じようなものだが、ガン患者と死刑囚との死の受け止め方に大きな相違があるのは当然だろう。

刑罰としての死刑は否応なくある日他人の手によって執行される。ガン患者の私もそれほど遠くない日に確実に死が訪れるが、他人によって命を奪われるわけではない。ガン患者は座して死を待つという感覚である。その違いは結構大きいのかもしれない。

死刑囚は「明日か?」「明後日か?」「来週か?」と、自分が殺される日の訪れに怯えつつ日々を送っている。ところが死刑囚の中には、怯えの日々を送りながらも、十年、二十年という長い間、刑が執行されずに生き延びた人もいる。

私の場合は迫りくる死に怯えない代わり、長くても二、三年の命である。考えようによっては死刑囚より早くお迎えがくる。それなのに死に対しての恐怖感も、この世に別れを告げる淋しさもそれほど大きくはない。
一、二年は大丈夫と思っているが、案外、もっと命の終わりは早いかもしれない。
一章でも述べたが、私はガンを宣告した医師に余命について訊いてみた。

「私は後、どのくらい生きられますかね？」

医師は答えた。

「さあ、はっきりしたことは言えませんが、数ヵ月ということはないと思います」

数ヵ月ということはないというのだから、五、六ヵ月は死ぬことはないということだろう。言い方を替えれば、最悪でも五、六ヵ月は大丈夫と医師はいっているわけだ。

医師からこの言葉を訊いたのは令和三年一月の半ばのことだから、数ヵ月といえば五月か六月までは大丈夫ということだ。この原稿を書いている今は四月の末だから、医師の言葉にしたがえば残るところ後二ヵ月程度ということになるわけだが、本人としてはそんな気はしない。後一年くらいは大丈夫だという気がする。いずれにしろそんなに長い余生は残されていないことになる。実際に諸々の事情から後一年は生きていたい気がする。

本書の原稿は今年の八月（令和三年）に終わりたいと考えているが、仮に予定通り書き上げたとしても、それから後、死の準備だって数ヵ月はかかる。娘に託しておかなければならないことも幾つかある。だが、コロナのために令和三年四月現在、東京に住んでいる娘とは会うことができない。いずれにしても、死の準備に取りかかるのは本書の執筆の後になる。そのことを計算に入れると、やはり来年の令和四年の夏頃までは生きていたいものだと考える。

ガンを抱える私は、毎日が死と向かいあっている生活だ。事あるごとに自分の終末と結びつける。

過去に刊行した何冊かの拙著でも述べているが、昔、若い末期ガン患者にインタビューしたことがある。その人は三十代半ばの女性の患者だった。インタビューをした時期が桜の満開の頃で、ガン患者をインタビューするレストランの窓から桜が咲き乱れているのを観ることができた。

若いガン患者は達観していて「私、来年は桜の花は観られませんわ」と微かに微笑みながら呟いた。そのインタビューは、私が五十代の前半の頃で、はるかに私より年下の若い女性が、死を見つめる姿勢が恬淡《てんたん》としているのには心からの敬意を覚えた。今、私はそのときの女性の倍以上の年齢である。私が死に対して狼狽《うろた》えていないといったところで、それは当然のことで、ほめられるほどのことでもない。

私もついこの間、伊豆半島に咲く桜を観た。この数年、桜の季節になると「ひょっとすると来年は桜を観られないかもしれないな」と思っていた。ガンに関わりなく、死が身近に感じられる年齢になったのである。今年の桜もいつもと同じ感慨で受け止めた。違うのは今年はガンの宣告を受けた後の桜である。しかし、来年も桜を観られるだろうかというような特別な感慨は抱かなかった。桜に対する心残りというより、死の旅支度の準備のために「葉桜の頃までは生きていたいな」と考えた。その程度の時間がなければ、死の準備が思うように完結しない。

桜のことはともかくとして、何かにつけて死出の旅支度については最近は考えるようになった。せっかくガンの宣告を受けたのだから「後は野となれ山となれ」式の成り行き任せの死に方はできないと考えている。倒れる前に死の後始末をきちんとしておきたい。

しかし、私には実際には終末になすべきことといっても大したことがあるわけではない。死出の旅立ちの準備といったところで、特別に心して始末をつけなければならないというものもない。遺族に対しても特別に配慮しなければならない遺産もなければ、改まった遺言があるわけでもない。幸か不幸か娘が一人で、雀の涙ほどの遺産を兄弟で奪い合うという心配もない。ただ心に残るのは、私の死後、一人では何もできなくなった妻が残されることだ。しかし、これも老人ホームに入居しているお陰で残された妻が途方に暮れるということもなさそうである。

私の死出の旅立ちの一番の気がかりは、生前袖すり合った人への別れの手紙を発送してあの世に出かけるということが実行できるかどうかということだ。別れの手紙は、同じ文面でもいいのかなとも思うが、やはり、一人一人の思い出は異なるのだから、そのことを相手に伝える手紙にしたいと考えている。

これは私の生前お世話になった人への感謝の気持ちである。死後に一通の喪中はがきだけで生前の交誼《こうぎ》が終わるというのは、何とも相手に対して失礼であるような気がしてならない。そんな手紙を残さなければならない人は、今となっては、せいぜい五十人くらいのものであろう。それでも心をこめて別れの言葉を綴《つづ》るとなると、二、三ヵ月はかかる。体力がある間に準備しておかなければならない。

我が人生に悔いなし――太く長く生きた我が生涯

「我が人生に悔いなし」などと偉そうなことをいっているが、私のような破天荒な生き方をした人間に悔恨がないはずがない。極論すれば悔恨の大海に翻弄《ほんろう》された生涯だったといえないこともない。しかし悔恨の苦さに痩せ細るということもなかったし、悔恨の大波に飲み込まれて窒息しそうになったということもなかった。

私は図々しくも悔恨の海から何食わぬ顔をして忘却の港に上陸し、残る余生を平然と生きようというのだから不遜極まりない。

しかし、悔恨に手足が縛られていたら、人間は悔恨の海から這い上がることなどできないに決まっている。悔恨の波に翻弄されつつも、私は悔恨の荒波を潜り抜け泳ぎ抜いて海の藻屑《もくず》にならずに終着の港にたどり着くことができた。

悔恨の大海原を振り返ってみても、苦難の航海の苦しみはすっかり忘れて、今の境遇にすっかり順応している。厳しかった炎天厳寒の季節も、追憶の中ではすっかり色あせてしまっている。かつて煩悶した悔恨も、喉もと過ぎればどうということもない追憶である。

改まっていうのも変な話だが、私の長い人生には挫折も絶望もあった。いろいろなチャンスもむざむざと逸して、地団駄踏んだこともある。

逢おうと思って気にかけていたのに、ついだらだらと日を重ねて、ついに逢わないままあの世に旅立ってしまった親友もいる。これもつらい悔いの一つだ。

作家としてのデビューのチャンスがあったのに、目先の官能小説の連載の注文に目がくらんで自らその機を逸してしまったこともある。

押しも押されもしない大作家が目をかけてくれて、来宅するように声がかかったのに、何となく気後れしてその日を先延ばしにしているうちに縁が途切れてしまった。

親一人子一人、幾つかあった再婚話を断って私を育ててくれた母親に親不孝の限りをつくしているうちに先立たれてしまった。まさに「孝行をしたい時には親はなし」である。この他にも、書くことさえはばかられる小さい悔恨は追憶の彼方にひしめいている。

何度も人生で二者択一を迫られたことがある。その都度一つを選んで、これで良かったのだろうかと首をかしげながら生きてきた。間違った二者択一があったに違いない。これも後悔といえば後悔である。

努力をすれば目先の現実が変わったのに、努力を放棄して目先の風に我が身を任せて生きてきた。本当に風任せだった。「なるようになるさ」の人生だった。

私には多少運命論者的なところがあり、結局は最終的にはなるようになるさという人生観がどこかに潜んでいた。

蟻とキリギリスの寓話がある。せっせと蟻が働いているときにキリギリスは我が人生を楽しく歌い暮らしていた。そのために挙句の果てに、キリギリスは惨めな結果を迎えることになった。その寓話を思い出すたびに、私は我が人生はキリギリスだったと考えるのである。私の結末がキリギリスと多少違うのは、生涯歌い暮らしていたのに、結末は悲惨ではなく、何となく人並みの生涯が終われそうだということである。この違いはキリギリスとは多少異なっている。

「太く短く生きる」という言い方がある。これの反対の言葉は「細く長く生きる」ということであろう。人生に譬《たと》えれば「太く短く」生きる人は後先のことを考えずに好き勝手なことをして一生を終わることである。逆に少々の楽しみを犠牲にしても人生を計画的に堅実に生きるのが「細く長い」生き方である。私の人生観は目先の楽しさ、目先の快楽だけを追求して生きるということだった。すなわち私は我が人生を太く短く生きる道を選んだのである。ところが短いどころか十分に長生きした。こんな言い方はまことに奇妙だが、まさに私の場合「太く長い一生」だったということになる。

仮に私の生涯が短命であったとしても、私の場合は我が人生に悔いがなかった。私は文字通り、太く短い生涯を終えるつもりで生きてきた。それなのに私は八十路《やそじ》の坂を越えた。我が人生に悔いがないのは当然である。仕事は雑文書きの何でも屋作家で、無名のままに生涯を終えるが、私は無名の作家生活にも特別に後悔もしていない。自分の書きたいことを書き、運良く、大量の著作も残すことができた。考えてみるに身に余る幸せである。これ以上求めるものとてない。

ガンの治療をせずに放置したままこの世を終わることに決めたが、これはあるいは後悔の種となるかもしれない。しかし、後悔するにしても死んだ後のことである。あの世にいってからの後悔なら如何ともしがたい。ガン放置は我が生涯の悔いには当たらない。そう考えると、やはり「我が生涯に悔いなし」ということである。

私は千の風である

「千の風になって」という歌がロングセラーを続けている。

千の風という言葉はまことに詩情に富んでいていい言葉である。死んで星になるとか花になるとか、月にいくということは古来からいわれてきたが、死んで風になるという言い方はされていなかったような気がする。そしてただ単に風になるのではなく「千の風」になるのである。

何でもアメリカ人女性の原作詞を芥川賞作家の新井満さんが訳詩し、作曲した歌らしい。当初何人かの歌手が歌っていたが、テノール歌手の秋川雅史さんのバージョンが大ブレイクして広くうたわれるようになった。

出だしは「私のお墓の前で泣かないでください」という言葉だ。《私はお墓になんか眠っていない。自分は千の風になって大空を吹きわたっている》という意味の歌詞である。

この歌を聞いていると死者との別れが癒される気がする。お墓の骨壺の中に死者は閉じ込められているのではなく、死者は大空を吹きわたって生き残った人たちの頬を撫でたり肩の辺りを吹き抜けていくのである。死んだ母を思うとき、今自分の髪にそよいでいた微風は母の魂かもしれないと考えると母との永別も悲嘆を伴うことはない。

霊魂の実在も、こじつけ理論で説明されるより、死んで千の風になるのだといわれたほうがはるかに受け入れやすい。

私はかねてから、葬儀と出版記念会は行わないという主義であった。特別な哲学があっての持論というわけではない。私はいろいろな事情から過去に列席できなかった葬儀と知人の出版記念会があった。そのことを長い間私は悔やんでいた。遺族や出版した当事者に対して申しわけないと思っていた。こんなつらい思いを他人にさせるくらいなら、いっそのこと自分の葬儀と出版記念会は行わないほうがいいと思ったのである。私はまだ死んでいないから、葬儀のときがまだ来ていないが、処女出版以来五十年間、出版記念会は一度も行っていない。親しい出版関係者に記念パーティーの開催をすすめられるが、私はかたくなに辞退している。

こんな事情から私は葬儀を行わないと決めているのだが、確かに葬儀は死者の慰霊のために行うというより、死者に対する残された人たちの心のけじめのために行うものだと考えている。

墓参も葬儀と同じように、残された人が故人の追憶を確かめるために行うもので、慰霊とは少し違う気がする。これは私の個人的考えである。ただし故人を偲ぶということが慰霊の一つであるのは確かなことだと思う。死者はこの世の人に思い出してもらうことが安らぎなのである。

墓地は死者の霊を鎮めるための場所ではなく、故人を追憶するために存在するのである。墓碑は故人への追慕のよすがである。「千の風になって」の歌詞のように「私(死者)はお墓に眠ってなんかいません」ということなのだ。死者は墓にじっとしているのではなく、千の風になって愛しい人たちの回りを吹きわたっているのだ。

私も死して千の風になるのだと考えると、愛する人との別れの辛さが幾分やわらぐ気がする。私は死ねば、愛する家族や知人友人の回りを千の風になって吹きわたることができるのである。死者は風なのだから、その人がどこに暮らしていようが何の障害もない。アラスカ、アルジェリア、世界の果てに住んでいても風となって訪れることができる。

私には死後の霊魂について書いた何冊かの拙著がある。私は特別に霊魂について詳しいわけではない。霊魂不滅を信じているわけでもない。雑文家の仕事として死後の世界について面白可笑《おか》しく書いたのである。

霊魂不滅という考え方は科学的思考によって立証されるものではなく、どちらかというと哲学的思考によって論じられる。かつて霊魂が存在することを科学的に証明されたことはない。心霊科学を研究している学者もいるが、万人に納得できるような科学的証明がいまだになされていない。霊魂が実在するかどうかはいまのところ謎である。

何しろ物理学的に証明できないのだから、霊魂は実在しないと考えている人は多いが、この世には科学で証明できないものが数限り無く存在する。未知の謎も、たゆみない研究によって、百年後、いや一千年後には解明されるかもしれない。霊魂の真実も明らかにされる日がくるかもしれないが、私はそのことを期待しているわけではない。

霊魂も幸福論みたいなもので、あると思う人にはあり、ないと思う人にはないのである。霊魂の実在はともかく、「千の風になって」の二章節めには「秋には光になって畑に降りそそいだり、冬はダイヤのようにきらめく雪になり、朝は鳥になり夜は星になって愛する人を見守る」というのだ。死者の霊は自由自在なのだから鳥の声に、星の輝きになることもできるのである。森羅万象あらゆるかそけき気配に、亡き人の存在を感じ取れるなら、それはそれで満たされた思いとなる。

私は死後、千の風になって、愛する人たち、私の死を悲しむ人たちのところに吹いていくつもりである。私の死後風の気配を感じたらそれは私なのである。

小さな幸せ見つけた

幸福という概念は誰が論じても同じような答えになる。端的に常識的に「幸福」というものを述べているのはベルギーの詩人で劇作家のモーリス・メーテルリンクの童話劇「青い鳥」であろう。

幸福の青い鳥を捜してチルチルとミチルの兄弟が様々な場所を冒険旅行をするのだが、なかなか青い鳥を捕まえることができない。青い鳥との出会いをあきらめた二人が自分の家に帰ってくると窓辺で青い鳥が囀《さえず》っていたという話である。概略、そんな内容の童話である。わざわざ解説するまでもなく、幸福は捜し求めるものではなく、幸福はいつでも自分の身近にあるという寓意が込められているわけだ。

幸福について考える人は、およそメーテルリンクの青い鳥の主題に類似した結論に達するのではないかと思う。かのヘルマン・ヘッセも「幸福を追い求めているかぎり、あなたはいつまで経っても幸福にはなれない」と述べているし、ドストエフスキーは「不幸な人間は自分が幸福であることを知らないだけなのだ」と述べている。

文豪や大詩人の言葉を借りるまでもなく、私のような浅学の雑文家でも幸福について考えを巡らすと、幸福とは結局は自分自身の意識に帰することを自覚させられる。

私たちは軽々しく他人を不幸な人だと思わないほうがいい。その人は自分では何て幸せな人間だろうと考えているかもしれないのだ。その逆に金満家で何一つ不自由なく人生を送っている人を見ても、幸せな人だと考えないほうがいい。その金満家は何て自分は不幸な人間だろうと考えているかもしれない。人それぞれの幸福は客観的には把握しにくい。幸福は個人個人の意識の中に存在しているのだ。

傍目《はため》には、私なぞ名もなく貧しい雑文家で、挙句の果ては歳老いてガンにかかり、何て不幸な奴だと見えるかもしれない。しかし本人はそうは考えていない。

私自身、特別果報者と思っているわけではないが、日常的に不幸せだと考えているわけではない。正確にいえば青い鳥の囀りを聞く日もあるが、青い鳥と出会わないまま一日が終わることもある。要するに幸福を実感する日もあれば、幸福とは無縁な心情で過ごすこともあるということだ。これは私だけのことではなく、大方の人の幸福とはそういうものだろうと思う。

大空のような幸福に包まれている人もいるのかもしれないが、ほとんどの人は木漏れ日のような小さな幸福に満足しているのではないか。

椅子にもたれて空を見上げているときに、ふと、自分は汚れた過去に決別してここに横たわっている。私は何て幸せな人間だろう……。一瞬、安らかな思いに満たされることがある。悲しい夢を見た日、侘《わび》しい目覚めなのに、苦いコーヒーの味に心が解きほぐされてゆく。やがて、ゆったりと時間が動き出して朝が始まる。小さな風船がふくらむように、心が幸福感で満たされてゆく。

我が拙句に『幸せが欲しくて独り焚き火かな』という駄句がある。幸せになりたくて焚き火を焚いた孤独な男の姿を想像してもらえばいい。寒い日に暖かい物に接すると、幸せ感を感ずる。それなら自分で焚き火を焚けばいい。幸福の自己演出である。孤独な男は、寒い日に火を焚いて幸福を招き寄せたのである。

青い鳥どころか、まるで、捕らえどころのない目に見えない粒子のような幸福感が暗鬱《あんうつ》な心を染め替えてゆくこともある。前述の焚き火ではないが理由はそれなりにあるのだ。

花壇に薔薇が咲いた日。読書しているとき思いがけないフレーズに出会ったとき。拙著の読者から共感の読後感が寄せられた午後。懐かしい友と再会した夕暮れ。温泉で歌をうたったひととき……、数え上げればきりがない。日常に折にふれて顔を出す小さな幸福感である。あきれるほど些細な幸福感である。

このような幸福感はすぐに手の中からこぼれてしまう。それはそれでいいではないか。このような小さな幸福感なら、一度逃げていっても再び戻ってくる。

人間は小さな幸福を手に入れたり、逃がしたりを繰り返しながら日を送っているのである。つかんだ小さな幸福を自分の中に閉じ込めたりしないことだ。幸福を一人占めにしたりしないことだ。叶うなら、自分の小さな幸福を他人におすそ分けをしてみようと考えたらどうだろう。幸福を他人と分け合うと幸福の感動は倍になる。

幸福の敵はなんだろう。いろいろと考えてみた。私の場合、肉体の痛みだ。一ヵ月ほど歯痛に悩んだ。小さな幸福感にひたるゆとりもなかった。痛みがなくなったとき、ああ幸せだなあと思った。

病人は病人なりに小さな幸福を味わうことができる。結核で長い療養生活を続けていた母に『新薬のニュースうれしい今朝の春』という一句がある。病む身ながら母は新薬のニュースに小さな幸福を見つけたのである。

石川啄木に『友がみなわれよりえらく見ゆる日よ花を買い来て妻としたしむ』という短歌がある。花を買って帰ることで啄木は小さな幸せを自らの心の中に醸し出したのだ。幸福は自らの手で醸し出すこともできるのだ。

酒などは幸福感を醸し出すのに最高の薬だが、過ぎれば不幸の素ともなる。麻薬や覚醒剤も一時の幸福感にひたるために、やがて青い鳥など飛んでいない永遠の闇に転落してしまう。ゆめゆめ幸福を薬で醸し出そうなどとは考えないほうがいい。

捨てつつ老いる

老いるということは「捨てる」ことである。何を捨てるかといえば、「物」であり「執着」である。

正しく老いるということは「物」を捨て「心の執着」を捨て去ることである。

そういいながら、私の周辺には物があふれている。衣服が書物が、くだらないものがあふれている。このありさまは物に対して私が執着する心を捨て切れないからである。捨てなければならないのに捨て切れないのである。物を捨て切れないのは物に執着しているからである。これではいけないと日々反省している。

執着する心は捨てなければ平穏な死を迎えることはできない。あらゆる執着を一つ一つ捨て去りながら、最後は生への執着を捨てるのが正しい老い方であり死に方である。この世に未練も執着もなくして、安らかな気持ちであの世に旅立つというのが正しい人生の終わり方である。

執着は煩悩《ぼんのう》の一つである。昔、文人、俳人が流浪漂泊の旅に出たのは執着を捨てて身一つで生きることを身をもって実践したのである。人生の究極の理想の姿は乞食坊主で死ぬことである。

種田山頭火《たねだ さんとうか》という自由律の俳人は漂泊流転の生涯を送った。彼は「日記を書くための一机一燈があればよき宿だ」と述べたという。（山頭火の宿・大山澄太著）山頭火の流転の旅はまさに執着を捨てるための漂泊の旅だったのである。この俳人はこよなく酒を愛したから、酒の執着は捨て切れなかったのであろう。私も酒が好きだから、この際、酒の執着は大目に見ることにする。

山頭火と同様、自由律俳人の尾崎放哉《ほうさい》も全てを捨て去って放浪の生涯を送った人である。旧制一高に入学したエリートだが、世俗の地位を捨て、あらゆるものを捨て去って、脱俗放浪の生涯で果てた。彼の俳句に「入れ物がない両手で受ける」という句がある。人の施しを受けるにしても、全て捨て去った彼には入れ物がなかったのだ。全てを捨て去った放哉はわが両手で施しを受けたのだ。

老人になるということは、ある意味で人生最後の漂泊の旅に出ることと同じだ。全て捨て去って枯れた姿で終末に向かって歩むのが老人の望ましい姿である。老人であるのに、物欲、名声欲、肉欲のある人は真の老人ではない。齢八十歳に達してこのような「欲」を持っているようであれば、その人は老人失格である。

老人が「老人失格」であることは悲しむべきことである。老人失格ゆえにその人が若者だということにはならない。老人失格というのは老いの身で老いの自覚がない愚か者ということである。

着替えの下着があり、こざっぱりした部屋着があり、夏冬の他所《よそ》行きの洋服が各一着、冬の外套一着があれば老人にはそれ以上の何もいらない。最低限、寒さ暑さをしのげる衣服があれば、それ以上の衣服は老人には不要だ。老人は冠婚葬祭に招かれることも日々に少なくなっていく。礼服というものも必要がなくなってくる。老人には晴れがましい記念日も祭日もそぐはない。

実際に衣服だけではなく、歳老いると金銭の使い道もなくなる。金銭と快楽は微妙に絡みあっている。快楽に見放された老人は淋しい話だが、金銭をそれほど必要としない。もし確実に死ぬ年月日が解っていたら、余剰の金銭は慈善団体に寄付でもするのが終末の哲学に合致している。しかし、どんなことで老いの身に金銭が必要になってくるかわからない。無念であるが、金銭だけは「捨てる哲学」の通りにいかないのが口惜しい。滑稽《こっけい》な話だが、地獄の沙汰も金次第ということである。全く情けない話である。

金の話は別として、実際にあらゆるものを捨てながら生きる姿こそが老人にふさわしい。前述した放浪漂泊の乞食坊主の末路こそ模範とすべき姿である。

名も捨て富も捨て、風のように身軽になってあの世の旅に出る。それこそが理想の終末である。私には捨てるべき名声もない。かつて名を欲したこともあったが、今になってみると、もし小さな名声でもあれば捨てるのにいささかの迷いもあったかもしれない。最初から名声という余計な荷物がないために私の肩の荷は軽い。負け惜しみではない。老人の捨てる物の中に見栄も嫉妬も羨望も含まれている。負け惜しみの心など、いの一番に捨ててしまっている。

捨て切れないのは追憶だが、それすら捨てて赤子のようになって旅立つ人もいる。私には追憶に遊ぶのが老人の特権という考え方があるから、全てを捨て去った後に、懐かしい思い出を過去の時間の中から拾いあげて冥土への土産としたいのだ。すなわち、あらゆる執着を捨てつつ、人生の終わりに泡沫のごとく浮かぶ追憶だけを拾いあげながらあの世に旅立つということである。

ガン患者の死生観

人間はいつか必ず死ぬ。そのことを知らない人はいない。しかし、日常的に死と向かいあって生活している人はいないはずだ。

死刑囚はいつも死と向かいあって暮らしている。死と向かいあって暮らす日々は決して平穏なものではないはずだ。動物は本能的に死を恐れる。本能的に恐怖である死が確実に自分に向かって近づいてくるのだから、平穏でいられるはずがない。

刑罰として死刑が有効なのは、重罪犯人に対して報復のために抹殺するという目的より、重罪人に死の恐怖を与えることである。死を恐れない者に死刑を科しても刑罰の役目を果たせない。しかし、実際に死を恐れない者はいない。

「武士道とは死ぬこととみつけたり」という葉隠《はがくれ》の有名な言葉は、死をもって君主に忠誠を誓う当時の武士に対して、いかに死の恐怖を克服して立派な最期を遂げるかということを教えることは、封建国家の究極のモラルとして必要だったのだ。

戦時中、私たちはお国のために死ぬことが立派なことだと刷り込まれていた。何がなんだかわからないくせに、私も、時至らば少年航空兵に志願してお国のために死のうと考えていた。幸いにして、その年齢に達する前に戦争が終結した。

三十年ほど前、知覧特攻平和会館を取材で訪れて十代の若い特攻兵の死の形見に接して戦慄を覚えた。運命の歯車の回り方によっては、私もこの中の一人になっていたかもしれないと考えると、背筋を冷たいものが流れるのを感じた。

会館の裏手に防空壕があり、その中が宿舎になっていて、明日飛び立つ兵士はここで一夜を過ごすのだと聞いた。

「朝掃除にくると枕が水が滴るように濡れていました。一晩中、泣いていたんですね。当然ですよね。明日死ぬために飛行機に乗るんですもの」

当時女学生で、宿舎の掃除にきたという女性が語った。おそらく若き特攻隊員は死の覚悟はできていたのだろう。その涙はあるいは恐怖のための涙ではなく、愛する人たちへの決別の涙であったかもしれない。その涙の真実はわからないが、人間はいずれ死ぬことはわかっていても、その死が目の前に迫ると心は平穏でいられないのだ。

死の到来がいつか、確実な予測がつかない人間は、いつか必ず死ぬ身であるのに、まるで他人事のような気分で、何事も起きないように暮らしている。

ガンを宣告された身はそうはいかない。切羽詰まった感じではないが、私は確実にこの二、三年のうちに死を迎える身である。二、三年ではなく、一、二年かもしれない。否応なく我が死と向かいあうことになるのだ。その辺が治療を放棄したガン患者の日常は一般の人の日常と違うかもしれない。毎日が死神との対話である。

「後、二年はお迎えにこないでくださいよ」

《そうはいかない。こっちにも都合がある》

「それなら最低一年は待ってください」

《確かな返事はできないが考えておこう》

「一年ですよ。頼みますよ」

　これほどドラマチックな会話ではないが、これに近い心情を自分の心の中で自問自答して日々を送っている。

　後一年あれば、細々とした後始末は時間的に無理かもしれないが、肝心のことは始末してから旅立つことができそうだ。これはガンという病気のお陰である。他の病気ではこうはいかない。

　私よりひと足先に旅立った友人知人の多くは、突然の死のために十分な心の準備も旅立ちの支度もしないままに、あの世にいってしまった。ほとんどの人が自分の死をもっと先だと考えていた。

　私の場合は特別に複雑な旅支度があるわけではないが、ガンという病気のお陰で死に支度ができる。突然の容体悪化がないかぎり、準備を整えながら、死に向かってある程度の時間のゆとりを持って一歩一歩と歩を進めることができる。譬《たと》えれば、各駅停車の鈍行で終着駅に向かっているようなものである。

この世に語り残したいことは、物書きという商売のお陰であらかたしゃべり尽くした。後は愛する人たちへの遺言を残すだけである。

残される妻は、私が死ぬと何かと不自由をすると思うが、現在老人ホームに入っているので、私が死んでも生活に支障をきたすこともなさそうだ。妻に関しては私の心残りは割に少ない。私には娘が一人いる。昔、子供が一人ということを淋しく思ったことがあるが、死が間近になってみると、子供が一人のために心残りは一人分ですむ。残された娘には老いた母親の終末をしっかりと見守ってもらいたい。

この世に思い残すことはない。終着駅に向かう鈍行列車の窓から、過ぎゆく車窓の風景をこの目に焼きつけて、人生の旅を終わるつもりである。

永久《とわ》の別れ

人生は出会いと別れの連続で織り成されている。出会いがあれば必ず別れがある。

人生の定めといえるかもしれない。

仏教の教えに「会者定離《えしゃじょうり》」がある。仏教の背景に流れるバックミュージックのような、諸行無常の教えの一つである。この世は何一つとして確かなものはないのだ。形あるものはやがて消滅する。出会ったものが離れていくのは真理である。

同じく仏教の四苦八苦の教えに「愛別離苦《あいべつりく》」がある。愛した人や物と別れる苦しみを人生の八大苦の一つと説かれている。

出会いも真理なら別れも真理であり、出会いの喜びも人生なら、別れの辛さも人生である。会者定離が真理であるゆえに、人間はその真理から逃れることはできない。出会いは喜びだが、別れは苦しみである。数ある別れの中でも決定的な別れは「死別」である。

考えてみれば人間は何千年もの間、この苦しみを味わい嘆きをくり返してきた。別れの苦しみを知らない人間はこの世に一人としていない。別れの苦しみに耐えてきたのは私一人だけではない。別れの苦しさに耐えるのも人生のプロセスなのだ。私たちは数多い出会いの喜びに接し、同様に数多《あまた》の別れの苦しさを味わって死んでいく。

幼い我が子が死んだ母親は悲しみのあまり、釈迦の神通力で我が子を生き返らせてくれと頼んだ。釈迦はいった。

「よしわかった。それなら一度も死人の出たことのない家から白いケシの実をもらってきなさい。それができたらお前の子供を生き返らせてやろう」

母親は必死になって村々を駆け巡って、死人の出たことのない家を捜し歩いたが、そんな家は一軒もなかったのだ。

母親は気づいた。人間である限り死に出会わないということはない。そのことを母親は改めて知ったのである。

真理に気づいて母親は子供の死はどうにもならない人生の定めと悟ったが、それで母の悲しみが癒《い》えたわけではないだろう。死別は人間にとって不可避の定めだとしても、やはり別れの苦しみの中で一番大きいのが愛する人との死別である。

私も人生八十余年、何人かの人との死別の苦しみを味わってきた。振り返ってみてもやはり大きな苦しみは母と祖母との死別である。

父の早世によって母と祖母に育てられたが、私はどうにもならない不承の息子であった。私は母の大きな愛につつまれて、まともに成人を迎えることができた。母の深く大きな愛がなかったら、私はどんな人間に育っていたかわからない。

母が結核療養所に入ったために私は東京の伯母のもとで高等学校に通うことになった。私は少年時代から母とは離れて暮らすことになった。初めて母や祖母、幼なじみや故郷と別れて上京した。故郷を出るときも一つの別離であったが、まだ見ぬ東京への好奇心や別れた人たちとも再び会える日がくるという思いがあった。別離の感傷は苦痛というほどではなかった。

私を育ててくれた祖母の死は上京して一年めだった。悲しみは大きかったが、東京暮しで祖母と離れて暮らしていたため、祖母へ寄せる思いに時間の空白が横たわっていた。離れていた空白の時間が悲しみを幾分小さくしてくれた。それにしても、私にとって祖母の死は物心がついて初めて味わった死別の苦しみだった。

病弱だった母は郷里で一人暮らしをしており、夜中に突然電話のベルが鳴ったりすると、母の身に異変が起きたのではないかと胸を突かれる思いがした。母は病弱ながら、私が結婚し子供が生まれるまで生きていた。私が母を必要としなくなるまで、母は病弱の体に鞭打って私のために命をつないだ。

母は郷里の岩手に住んでいた。冬の間は上京して我が家で暮らし、春になると岩手の家に帰っていった。ある年の二月、東京の我が家にきているときに、風邪を引いて入院し、十日足らずで突然亡くなった。

母との死別はつらかったが、せめても、私の身近にいるときに亡くなったのが小さな救いだった。母が郷里にいて臨終の電話を受け、死に目に会えなかったりしたら、私の苦しみは倍増したに違いない。

母の容体は入院して十日ほどで急変した。死の一週間前、母は一時的に意識を失った。病院からその連絡を受けたとき、母の容体は思ったより良くないのかも知れないという不安が心の縁《へり》をかすめた。母が急逝する前日、私は母の病室を訪ねている。母の容体の悪化に不安を感じて訪ねたのに、意外にしっかりした母の応対に私は胸をなでおろした。《これなら大丈夫だ》と勝手に私は安心したのである。

母は「お前にはさんざん苦労をさせられたけど、私の一生は幸せだったと思うわ」と何気なく語った。母はその翌日意識を失った。私は、後一週間もすると母は退院するのではないかと、希望的観測を抱いていた。勝手に想像していたことであるが、母の退院は近いと楽観していたので正直な気持ち信じられない思いだった。

前日の見舞いで母のしっかりした振る舞いを見て安心した私は、翌日、仕事関係の人と酒場で落ち合う約束をしていた。私が出かけようとしているとき、突然、待ち合わせの人からキャンセルの電話があった。待ち合わせ時刻ぎりぎりのキャンセルだったため、代わりに酒を呑む相手を見つけることもできず私は帰途についた。途中で母の病院を訪ねてみようと思って私は病院に向かった。

病室に入ると妻と娘が母の耳もとで「お母さん！」「お祖母ちゃん！」と叫んでいた。母の容体が急変したことを私に告げようとして、妻は心当たりに連絡を取ったが叶わなかったという。携帯電話がまだなかった頃の話である。

妻と娘の呼びかけに、かすかに反応していた母は、私がきたことに安心したのか、急に意識を失った。それから数時間後、私の家族と、伯母（母の姉）や東京在住の従姉（姪）に見守られながら息を引き取った。

その日呑んだくれていたら、母の死に目にも会えなかった。待ち合わせのキャンセルなど、めったにないことなのに、その日に限ってキャンセルがあり、二日続けて病院に寄ろうという考えが私に浮かんだのも不思議といえば不思議であった。

死の前日、私が母を訪ねたときに、母には死の予感があったのかもしれない。このまま自分が死んでしまえば、私に親不孝の悔恨を残すに違いないと考えた母は、自分の生涯は幸せだったといって、私の苦しみを取り除いてやろうとしたのだ。

確かに、母から「幸せだった」という言葉を聞かなければ、私は母の死後親不孝の数々に苦しまなければならなかったに違いない。母の残した言葉で私の苦しみは半分ほどになったのは間違いない。母は死を予感し、息子の苦しみを少なくしてやろうと考えたのだ。

母は死の直前まで、私のために母親として生きようとしたのだ。

私に妻も娘もいなかったら、母との死別で救いのない苦しみを味わったに違いない。母は私の苦しみの少ない時期を選んで、かつ自分の死後に子供が苦しまないように言い残して死についたのである。

永久の別れに際し、私も母のように、見送る人に少しでも悲しみが軽くなるように心を配って死にたいと思う。どんな奇跡が起きようとも死んだ人と再会することはできない。愛する人との死別《わかれ》はこの世で一番つらいできごとだからである。

我が終末と誕生日

誕生日を迎えたということは、本当は定められた寿命に一歩一歩近づくことでもあり、真にめでたいことなのかどうかはわからない。《正月は冥土の旅の一里塚めでたくもありめでたくもなし》という狂歌がある。誕生日もそれと同じである。

しかし人間の場合、死に近づくということは、言い換えれば成長するということでもある。誕生し、成長し、老いてあの世に旅立つわけだが、成長を続ける過程では誕生日はめでたいことに違いない。

生まれ、歯が生え、歩き、やがて小学校に入る。一年ごとに成長のしるしが顕著となる。成長の過程を確かめ、健やかに育ったことを祝うということは意味がある。

私が物心ついたときは戦前、戦時で、幼少期に誕生日を祝ってもらった記憶がない。戦後、中学に入ってから、誕生祝いに稲荷寿司《いなりずし》を腹一杯食べさせてもらったことがある。

母に何か欲しいものがあるかと訊かれ、私は稲荷寿司を腹一杯食べたいと答えた。

お安いご用とばかりに目の前に山と積まれた稲荷寿司だったが、記憶では思ったより食べられないので無念の思いを抱いたことを覚えている。

それ以外には子供の頃の誕生日祝いの記憶がない。何らかの形で祝われたのだろうが、それを覚えていないところをみると、記憶に残るようなものではなかったのだろう。

成人してからも誕生日について特別な記憶がない。確かに誕生日には特別な料理で酒を呑んだはずだが、成人してからは酒は毎日呑んでいたので、誕生日だからといって特別に印象に残るような話もない。

いろいろな人から贈り物をもらったり、娘からバースデーカードをもらったりした。誕生日といっても、父の日、母の日、バレンタインデーなどと同じように、一種の行事のようなもので、贈り物をもらって「ああ、そういえば誕生日だ」と思ったことはある。

正直な気持ちとして、七十歳を過ぎると誕生日はそれほど嬉しいとは思わなくなった。前述したように、一年一年、老いが深まり死に近づきつつあることを感じていたからだ。それでも人様は「誕生日おめでとう」といってくださる。そのたびに「いやあ、ますます歳をとりますね。あまりめでたくはありませんよ」と私は応えていた。それは照れ隠し、謙遜というより正直な思いであった。

ガンの宣告を受けて、それほど遠くない日に必ずあの世にいくことが決まってみると、誕生日は別な意味あいになった。

一月にガンの宣告を受けて、初めての誕生日は五月である。誕生日を迎えてみると、その受け止め方は去年の誕生日とは全く別な思いがあるのに気がついた。

「来年の誕生日を生きて迎えられるだろうか？」という思いである。

何度も書いた話だが、来年の桜は観られないかもしれないという思いには感傷の実感は少なかったが、来年の誕生日のことを考えると、しんとした思いが心を満たすのを感じた。

一年一年積み重ねてきた誕生日の月日が、死によって途切れることを嫌でも実感せざるを得ないからだ。来年の誕生日まで生き長らえれば、梅も桜もつつじも観られる。今のところ、来年の誕生日までは生き長らえそうな気がしている。しかし実際のところそれもわからない。たくさんのガン患者を取材してきた私は、ガンは突然容体が急変することをたくさん見てきたからである。

朝、電話で元気に会話を交わした人がその夜急逝したということもあった。三日前に喫茶店でコーヒーを飲みつつ元気に談笑した人が三日後に亡くなったという例もある。そんな極端な例はまれだとしても、三ヵ月、半年前に元気だった人がその年に亡くなっていたという例はたくさんある。

そんな例を見てきた私は、私の場合もいつ容体が急変するか正直なところわからないという心境で日々を送っている。

今年の誕生日は俳句やカルチャースクールの仲間が祝ってくれた。果たして来年の誕生日まで生きていられるかどうか確かなことがわからない。

今年、令和三年五月の誕生日、歳老いた仲間からの「おめでとう」という祝いの言葉を素直に受け止めた。無事に今年の誕生日を迎えたのだからめでたいことに違いない。

死が間近に迫った人にとって誕生日を迎えるということは、何はともあれめでたいことなのである。三十代、四十代の誕生日とは、めでたさの意味がまったく違う。死を間近に見つめている者にとっての誕生日は、燃えつきようとする生命の火が消えないことのお祝いなのだ。

余命の短い人にとって、命の炎の燃え続けていることはめでたいことに決まっている。死を目前にひかえている者にとって、誕生日はこよなく愛しい記念日なのだ。

望郷の感傷

物書き生活六十年、故郷《ふるさと》のことを何十回となく書いてきた。毎度、これが最後と書きながら思う。それなのにまた書く機会があると故郷のことを綴《つづ》っている。書いても書いても心のどこかに故郷の残像が残っている。「ああこれで十分に書き切った、思い残すこともない」というふうにはいかない。

考えてみると不思議である。故郷には十六年間しか暮らしていない。故郷を離れて上京し、江東、江戸川、中野、武蔵境と転々して十年余、結婚して調布（東京）で二十年余、相模原（神奈川）に三十年余、伊豆高原（静岡）に八年余り暮らしている。私は故郷よりはるかに長い年月を異郷で暮らしている。相模原で本籍地を岩手から神奈川に移した。

暮らした濃密さからいえば調布や相模原のほうがはるかに大きいといえる。故郷は十六歳まで暮らしたが、物心がついたのは五、六歳だろうから、故郷の思い出が刻まれた年月はせいぜい十年余りということになる。ところがこの短い十年の間に故郷に対する執着愛着が想像をはるかに超えた量で詰め込まれているのである。

我が拙句に《故郷《ふるさと》は異郷となりて蝉時雨《せみしぐれ》》という一句がある。確かに私にとってもはや故郷は異郷でしかない。故郷の家も廃屋となってしまった。脳裏に刻まれていた街の風景も変わってしまった。故郷の人の名前も知らない。変わらないのは山並みだけである。これでは故郷であるのに異郷としか呼べないではないか。

異郷になった故郷に帰って蝉時雨の中に立つと、望郷の思いがしんしんとわきあがってくる。故郷喪失の悲哀の中で聞く古里の蝉時雨。それはまさに私の号泣といえるのかもしれない。

ガンの専門医というよりホスピスを専門とする大津秀一という若い医師が書いた本の中に、余命二、三週間という末期ガン患者で、歩行もままならない七十代の女性が空路を使ったとはいえ、一〇〇〇キロも離れた故郷に帰った話が掲載されている。故郷で両親の墓に手を合わせ、兄弟たちと歓談して故郷に別れを告げて病院に戻ってきたという。

「彼女の体力を考えると奇跡とも言える旅だった」としるしている。さらに驚いたことに、彼女はそれから一年近くも生き延びたのだという。

「最後は故郷で死にたい」という患者は結構いるらしい。そして故郷に帰った患者の生命力は奇跡に等しい結果を生ずるという。

その患者たちは故郷を出てどれだけの時間が経過したのかわからないが、五年、十年ということはあるまい。おそらく何十年かは経過しているはずだ。何十年も前に捨てた故郷に帰りたいという望郷の思いは病をねじ伏せるだけの強い願望となって現れるのだ。

《病のごと思郷のこころ湧く日なり目にあおぞらの煙悲しも》私と同郷、岩手県の石川啄木の歌である。故郷を思う心は病気のように心をむしばむのだ。それでも、その思郷の心は生命の火を掻き立てるほどに強いエネルギーにも変わるのである。

私は三年ほど前に、故郷での墓参をすませ、幼なじみや従兄弟と別れの酒を酌み交わした。その帰郷のときに、これが最後だと思って、七十年前に心に刻まれている故郷のそこかしこを訪ね歩いて心の中で永久《とわ》の別れを告げた。

望郷の想いは、私を七十年に渡って苦しませてきたのである。やっとその苦しさから解き放たれるときがきたと思った。言い換えれば望郷の感傷と別れを告げるのに七十年の時間がかかったということでもある。

自分の年齢からいって、三年前、故郷を訪ねたときは、これが最後かもしれないと思った。三年前の帰郷の折はまだガンを宣告されていたわけではない。しかし、私は心の片隅にかすかに死の予感のようなものを感じていたような気がする。故郷の思い出の地を巡りながら死ぬ前にしっかりと目に刻んでおこうという気持ちだった。

私に芽生えた死の予感は動物的なカンであったかもしれない。そのときは自分がガンで死ぬとは考えていなかったが、ガンを宣告された今になってみると、そのカンは当たらずとも遠からずだったことになる。

幸福の足し算引き算

人間は一生の間、幸福の足し算引き算で生きているというのが私の持論である。持論というのはいささか大げさかもしれない。私の思い付きである。

幸福の足し算も引き算もない人生を終える人は少ないのではないかと私は考える。

すなわち一生涯幸福という人も、一生涯不幸せという人もいないということだ。

幸福というのは、はなはだ主観的な意識ではあるが、一度もプラスの思いもマイナスの思いも抱かないで生涯を終えるということはないと私は考える。

一度も幸福だったと思ったことはないという人はいないはずだ。同様に一度も不幸せだと感じたこともないという人も存在しないはずである。

今際《いまわ》の際《きわ》に、総じて自分の生涯は幸福な人生だったとか、あるいは、自分は何て不幸せな生涯だったとか考えるとしたら、幸せの足し算引き算で、プラスが大きかったかマイナスが大きかったかということである。すなわち、人間は人生最後の幸せの総決算でプラスと出るかマイナスと出るかということだ。

しかし、この数字も数学のように冷徹な答えではない。はなはだ主観的で商売の売上げの仕分けのようにはいかない。前述したが、誰が見ても不幸な生涯だと思う人も、本人はああ幸せな生涯だったという答えをだす人もいる。本人が出した答えに第三者が意義を唱えるわけにはいかない。幸福の足し算引き算はあくまでもその人個人のものである。他人がとやかく論評できることではない。

私の知人の女性に不幸を絵に描いたような生涯を送った人がいる。幼いときに両親に捨てられ、幼少期を児童施設で過ごし、施設では残酷ないじめにあいながら十五歳でやっと施設を出て独立した。

夜間高校で働きながら学び、貯金して看護学校に入って看護師になった。血のにじむような苦労の果てに、やっと人並みな人生を歩みはじめた。

二十二歳で一人の男性と巡りあって結婚した。二児に恵まれ幸せな人生を歩みはじめた。この時期は過去の不幸と幸福を相殺しても、やや幸せ指数のほうが大きかったと思う。二人の子供が小学校に入学する頃には、持ち家をもつことができた。

幸せの数値が少しずつ大きくなっていったと思われる頃、夫が他に愛人がいて、愛人との間にも子供いることが発覚した。話し合いがこじれて、夫とは離婚することになった。おまけに夫にはその愛人の他にも女がいたのだという。

父親の姿に傷ついた長男は不登校、引きこもりになった。幼い長女もまるで性質が変わったように、粗暴、過食になり、目が放せなくなった。長女は学校の帰り近所のスーパーマーケットで菓子の万引きをして警察に補導された。

家庭の事情など知らない若い警官は「仕事より子供が大事だろう！」と子供を放任していると勘違いして母親を叱責した。

そんなことがあった一ヵ月後、長男の過失で自宅が全焼した。絶望した。途方に暮れた。天涯孤独の彼女には頼る人も相談する人もなかった。子供を道連れに自殺も考えた。茫然自失の日々が過ぎていった。失意の果てに勤めていた病院の看護師長の世話で何とか難局を乗り越えた。彼女が三十六歳頃の話である。

この頃の幸福指数はせっかく加算された点数が一挙に消滅して、マイナス指数に大きく傾いたのはいうまでもない。

何度も自殺を考えたという。幼い頃から自殺をすることばかり考えていたが、いつか自分を捨てた母が迎えにくるのではないかと思って、自殺を思いとどまったという。その願いは果たされなかったが、今度は自分が自殺したら、残された子供が自分と同じような運命をたどることになると思って自殺を思いとどまった。

必死に子供の成長を願って働いた。看護師という職業のために、最低限の暮らしを支えることができた。そのことだけが不幸中の幸いだっと述懐している。

一男一女の子供は、危うい少年少女時代を乗り切って成人した。子供たちは母の苦労を察して働きながら大学を卒業した。やがて二人の子供はそれぞれの配偶者を見つけて結婚したとき、彼女の不幸指数は一挙に消えた。彼女自身は看護師としても優れた資質があり、金持ちの入院患者にプロポーズされたこともある。もちろん彼女は受けなかった。彼女は夫と離婚した後は生涯独身を守り通した。

私は彼女が五十歳の頃、ある老人介護のことで病院を取材したおり窓口になって応じていただいた。その頃は子供の進路も定まって幸福指数はプラスの頃だったと思う。しかし、第三者の私から見ると、本当に幸せなのだろうかと疑問も感じるのは当然である。

何度かお目にかかったとき、妻に先立たれた友人から懇請されて、お見合い話しを持ち込んだのだが、笑って取り合わなかった。私の友人は彼女の身の上にいたく同情して、そういう苦労人ならぜひ結婚したいと私に口利きを頼んだのである。

「作家の先生ってお仲人までなさるんですか」と彼女は笑った。一顧だにしないという断りかただった。それ以上食い下がれば叱られそうな感じがして、私は口をつぐんだ。

その彼女とは年賀状のやりとりが続いていたが、もちろんそれ以来お目にかかっていない。定年後東京郊外に家を建てたことはある年の年賀状で知った。十年ほど前に近くに息子が家を建てたことを知らされた。私は何十年ぶりかにそのとき電話を入れた。

「一緒に住めばいいじゃないか」

「いくら子供でも気を使うのは嫌ですから……」とひっそりといった。

取り留めもない近況のやりとりをした後彼女はしみじみといった。

「私は今が一番の幸せですわ」

彼女は本当にそう考えているようだった。

私は幸福の足し算引き算で、晩年の幸せ感は過去がどんなに不幸でも、幸福の指数は不幸指数を圧倒的に凌駕するのではないかと感じた。

幸福の足し算引き算で、晩年が幸福なら、過去にどんなに不幸の指数が大きくてもプラスの数値が残るのだということである。晩年の幸せこそがいかに大切かということである。

ところが不幸なことに逆の場合がある。幸せを絵に描いたような生涯を送ってきた人が晩年に不幸になり、過去の大きな幸福指数が一瞬にして消滅してしまうということである。

「晩節を汚《けが》す」といういいかたがある。人生の終わりになって自分の名誉を失墜するようなことを仕出かすことだ。出世街道を歩いてきた人が人生の終わりに犯罪に手を染めたりして、醜い人間性をさらけ出すことである。これも幸福の足し算引き算と同じようなもので、一瞬にして過去の名誉が失墜し、帳消しになってしまう。

幸福と不幸の足し算引き算は、実際の数学と違ってそこが不思議なところだ。過去に百の幸せだったのに、晩年の十の不幸せのために、マイナス九十の不幸せに変わってしまうことだってあるのだ。もちろんその逆もある。過去に百の不幸せだったのに晩年の十の幸せのために百十の幸せ感に変わってしまうことだってあるのだ。いかに晩年の幸せが大切かということだ。

「しからば晩年になってガンを宣告されたお前はどうだ？」

私の場合八十五歳という終期高齢者となってのガン告知である。老人のガンは、幸せ指数の変動にはいささかも関与していない。

負け惜しみに聞こえたら不本意だが、ガンで死ねるなんて幸せだと考えている。死に至る病は数々ある。その中でガンを与えられたのだ。有難く自然の摂理を受け止める。

私は我が人生を「太く短く」という不逞の思いを抱いて生きてきたのに、結果的に「太く長く」生きることができたのである。私は八十歳以上の我が人生はおまけと考えている。八十歳過ぎてから書いた拙著も十冊以上である。本書もおまけ人生の著作である。己を「何て幸せな奴だ」と、私はしみじみ考えるのである。

第三章——生と死の断章

老人の死の予感

時代小説の作家で、剣豪作家とも呼ばれた五味康祐《ごみこうすけ》さんは、占い師としても優れた才能を持っていたことは知られている。この五味さんは四十代の頃、自分の死期を占って五十幾つかで自分は死ぬと広言していた。確か、ほとんど占いの通りの年齢で他界した。このときは確かに驚いたが、まぐれで当たったにしても、五味占いの卓抜した的中率を我が死で証明してみせたように思えて、五味さんの死を不思議な感じで受け止めた。ただ五味さんの死はあくまでも占いによる予言であり死の予感とは違う。

動物というのは不思議なカンを持っていて、死の予感には敏感で、自分に死期が迫ると傍目《はため》にもわかるほどおびえる。屠殺場に送られる牛や豚は、迎えにきた車に乗り込むことを嫌がって抵抗し、哀れな声で鳴き叫ぶ。哀切極まりない鳴き声をあげて車に乗り込むことに抵抗する。あの必死な抵抗は、屠殺場に送られる我が身の末路を予感しての悲しいあがきのような気がする。こんな光景に私は何度か接した。死を予感し死ぬことを恐れるのは動物の本能である。

人間にもいうにいわれぬ感じで死を予感することがある。病気などで、死期が迫ってからの予感は当然のことであろう。体調の自覚症状などで「いよいよ自分もだめかもしれないな」と感ずることはありそうだ。このような予感は大して珍しいことでもなく、病床にある老人の多くが感じるものであろう。ところが、老いが深まると病気でもないのにふと死の予感のようなものを感じることがある。

私の場合、日常生活中で漠然と死の予感を感じ始めたのは、八十代に入って一、二年くらいしてからではないかと思う。普通に生活していて突然心に浮かぶ思いである。

《先が長いことはないな》

まるで、前後の脈絡もなく、ふと心の内に浮かぶ思いである。

日記や俳句に死の予感について記述したことがあったような気がして調べてみた。俳句と日記では日にちが多少前後するが、ほとんど同じ時期に死について書いている。

大したことが書いているわけではない。日記には「後、二、三年生きられるだろうか？」というような思いを記している。また、ホチキスの釘を入れ替えるとき「この釘が使い終わるまで生きているだろうか？」などと書いている。出張から帰って、疲労困憊しているときなどに「一瞬、死の予感があり」などと日記に書きつけている。

二〇一九年の一二月に私は「叙情句集 言葉の水彩画」（展望社刊）を出版しているが、死の予感を詠った句は収録されていない。死の予感めいた俳句を作ったのは句集発行の一年、二年くらい前だ。死の予感を詠ったといったところで、どの俳句も大したできではない。そのために句集に収録するほどではないと私が判断して没にしたのであろう。

《死の予感のごとく風吹く夜寒かな》

日記には記していないが、俳句ではその翌年も死のことを詠っている。

《死を恋ふる音なき居間にちちろ虫》

《命あるかぎりさびしき寒の雨》

いずれもガン告知を受ける前に作った俳句であり、告知によって運命が定まってからの俳句ではない。三年くらい前、すなわち八十二、三歳の頃から、私の命もそんなに先が長くはないことを漠然と感じていたのであろう。日記に死の予感について書いているのは八十二、三歳を迎えてからである。

ガンの告知を受けてから作った俳句は、ずばりガンについて詠っており予感という漠然としたものではない。

《ガン告知風のごと聴く二月かな》

一月に告知を受けて、その翌月に句帳に走り書きをしている。もちろん句会などの公的場所では公開していない。公開するほどの句でもないし、公開することによって句友にいたずらに気を使わせるのが嫌だったからだ。

五月に《おいガンよ仲良く死のう五月晴れ》という句を書き込んでいる。これは随筆家で俳人の江國滋さんの《おい癌め酌みかはさうぜ秋の酒》の一句を真似したものである。駄句の羅列で申しわけないが、ガンの告知以前に、すでに私の気持ちの中には、何となく遠からず死と向かいあう日がくるような気がしていたのは事実である。

歳をとると、人はみな多かれ少なかれ死の予感を抱きながら生きているのである。

知人の一人は、ある日突然今まで放置していた身辺の整理や、加入している生命保険の確認、整理などに着手した。唐突といえるような意気込みで身辺整理に取り組みはじめた。その整理が終わってから、次に親しい友人を訪問して歓談を尽くした。まるで別れを告げに友人を訪ね歩いてるような感じである。

私は伊豆半島に住んでいるが、私のところへも突然電話がかかってきて「熱海まで出てこい」とお呼びがかかった。珍しいので出ていって一献酌み交わして別れた。彼の訃報に接したのはその翌月だった。

彼は病気で亡くなったのではない。転倒して頭を打ってその場から病院に運ばれて半月ほど後に息を引き取った。彼の死の予感と実際の亡くなり方からいって因果関係があるようには思えない。しかしまるで死を予感しているように身辺整理をし、知人友人に別れを告げて、それが終わるや否や忽然とこの世から姿を消した。

生前、彼の心情を訊いたわけではないが、亡くなり方がいかにも自分の死を予測しているような消え方である。そのために私の心に特別な思いを残した。彼の死に方は、まるで死の予感が死の余韻でもあるかのように残された人々の心を濡らした。

私も、死の予感を抱きはじめた三年前の秋、故郷の岩手県奥州市を訪ねた。先祖の墓参りと、思い出の各地を巡り、幼馴染みに別れを告げるための帰郷だった。

それが終わって少し肩の荷が軽くなったような気がした。故郷に関しては思い残すものはないと思った。あとは一人娘に私の死後のことを託することだけだった。その他に別れを告げたい友人知人もいて、その人たちとは死ぬ前に語り合っておきたいと思った。

その矢先にコロナ騒ぎが始まって、東京に住む娘が伊豆高原にこれなくなってしまった。私としても、コロナ蹂躙の日々の中では友人知人を訪ね歩くわけにもいかない。私の死の予感もしばし凍結せざるを得ないわけだ。

私はその翌年（令和三年一月）にガンの告知を受けた。こうなると予感どころの話ではない。確実に私に向かって死が近づきつつあるのだ。今になってみると、三年前の死の予感は、あるいはガン告知の予感だったのかもしれない。

流浪の人生と一期一会

多くの人は故郷で生まれ、異郷の地で果てるのではないかと思う。

もちろん故郷から一歩も出ることなく、故郷で暮らし、故郷で老いて故郷で生涯を閉じる人もいる。しかし、数からいったらそのような人は少ないのではないかと思う。もっとも老いて故郷に帰って晩年を故郷で過ごすという人もいる。

望郷の念《おもい》に苦しんできた私などからみれば、故郷で生涯を閉じる人を羨ましく思う気持ちもある。しかし、実際に青年期、壮年期に故郷で過ごしていたら、私のことだから、狭い故郷に息苦しくなり、雄飛の場所を求めて飛び出したに違いない。

多くの人は、事情はそれぞれ違うにしろ、決意や理想に燃えて郷関《きょうかん》を出て異郷で生涯を送ることになるのである。故郷に錦を飾る人もいれば、落魄《らくはく》の人生を異郷でひっそりと閉じる人もいる。私のように錦を飾るわけでもなく、落魄というほど落ちぶれているわけでもなく、凡々たる生涯を異郷で閉じる人は相当に多いはずである。

考えてみれば人生は流転そのものである。そんな感傷的な感想はともかく、実際に若いときは仕事の関係で、転勤転勤で各地を転々としたという人は多い。私は転勤ではなかったが、生来の風来坊的な性向で、若いときは下宿、住居を転々とした。そのたびに出会った人や別れた人の数は多い。

私の年代だと、戦争で疎開先を何度も移ったという人もいる。これは自分の意志というより、社会の変動に翻弄されて、大海の中を木の葉のように西に東に漂ったわけである。内乱や戦争で難民となる人は、まさに名実共に流浪の民である。

戦乱のような悲惨な理由ではないにしろ、人間の一生は流れ流れて木の葉のように漂う流浪の人生といえないこともない。すなわち人生そのものが流浪だということである。

流転の人生の中で私たちが常時体験するのは、人との出会いであり人との別離である。出会いは喜びの場合があるが、別れはいつの場合も悲哀が付きまとう。特に愛する人との別離は一段と悲しみが大きい。

人生八十年、いろいろな人と出会い、いろいろな人と別れてきた。私の卑近な例でいえば、まず幼稚園での出会いと別れである。あまりに幼くて別れの悲しみは自覚も記憶もしていないが、幼稚園で出会って別れたまま、二度と会っていない人もいるし、再会する人もいる。小さな田舎町の幼稚園だったので、園児の多くは、そのまま地元の小学校に入学したはずだから、幼稚園の卒園そのものが永久の別れにはならなかったのかもしれない。

小学、中学までは幼稚園と同様、二度と会えない別れは少なかった気もする。しかし高校からは進学する学校が異なってくるので、新たな出会いや別離を体験することになる。特に私の場合、高校二年から故郷を離れて東京の高校に転校したので、故郷の友人とは決定的な別離を体験した。田舎で新入学した高校は、東京に転校するまでの一年間という短い月日であったが、親しく過ごした友人もいた。上京してからはいつしか疎遠になって、二度と会えないままで終わってしまった。

若いときは広く大勢の人とつき合うというより、親しいグループを作るので、多くの学友とは卒業してしまえばそれきりという例が多かった。仕方がないといえば仕方がなかったのだが、今、はるか昔に思いを馳せれば割に大きな悔恨を感ずる。

卒業後、クラス会などにも出たが、久しぶりに会えば会ったで、やはり親しい友人と群れをつくる。それは私だけでなく、親しい者同士が群れを作るのは当然で、せっかく何年ぶりかに会ったのに広く浅くというわけにはいかない。そして今になってみると、あの人とも、この人とも、もっと親しく話しておけばよかったと悔やまれるのである。

私は、三十代の半ばでフリーランサーになったので、かつて親しく付き合っていたり、よく呑み歩いた会社の同僚とは時間の経過と共に疎遠になってしまった。当時、家に招かれたりと、相当に深い付き合いだったのに、会社を退職してからは、忙しさにかまけて、気になりながらも、いつの間にか少しずつ疎遠になっていった。

元上司で、後年再会を果たした人がいるが、奥様も私と会いたがっているといわれ、ご自宅に訪問することになっていたのに、約束の前夜に呑みすぎて体調崩してお訪ねすることができなかった。私の浅慮から約束が果たされなかった。温厚な元上司は恐らくやさしい眼差しで失望した奥様をなだめたに違いないと思うと深い悔恨に胸が痛む。ご夫妻共に他界したことを後年風の便りで知った。

せっかくの一期《いちご》に貴重な再会をしたのに、交流の機会を自らの手で放棄してしまった。このように再会を果たしても交流まで至らず、思い出だけを引きずって永久の別れになった人は我が生涯に数多い。それもこれも我が不徳のいたすところである。

会社を退職して物書き生活に入ってからは、仕事が多岐にわたり、仕事で出会う人も、出版社、広告会社、一般企業、宗教界などさまざまな人たちだった。仕事の種別によって付き合う人がそのたびに変わる。そのために新しい出会いがある代わり、別離も数多く体験した。何度も再会する人もいれば、一度きりの縁しかなかった人もいる。一度きりの人は人間的にしっくりいかなかったのかといえば、必ずしもそうではない。もう一度会いたいと思いながら、仕事の関係で会えないまま月日が流れてしまったのである。

そのような人は何人もいる。名前は失念したのに、今でも懐かしく顔が浮かぶ人もいる。あのときもっと話しをして親交を深めておけばよかったと思いながら、果たせずに今に至っているのである。おそらく後、残り幾許《いくばく》もない我が命、別れた人との再会は望めないであろう。別れた人たちは、まさに一期一会《いちごいちえ》のまま流浪の人生で袖すりあっただけになってしまった。

この頃「一期一会《いちごいちえ》」という言葉が殊《こと》の外《ほか》心にしみる。この言葉は、仏教の教えが茶道の精神に取り込まれたものだという。茶道の一期一会は、茶会の亭主が、生涯に一度きりの出会いだと思って心を込めてお茶を点《た》てて客人のおもてなしをするという意味だという。

私は茶道とは無縁の人間であるが、人との出会いに一期一会の心を持って、心して別れた人たちに接しておけばよかったと、今更ながら、無念の想いを噛み締めている。

今、残り少ない余生になって、遅ればせながら、この人と今別れてしまえば二度と会えないかもしれないと考えて向かいあうようにしている。死が間近になって、まことに愚かな遅きに失した自覚である。

職業意識が培《つちか》う愛

老人になると、他人の手によって支援してもらわなければ生活ができなくなる。つらいことだが、心身の劣化が日々に加速する老いの身では、自分の失った心身の機能を他人の手で補ってもらわなければ満足な行動ができないのだから如何ともしがたい。老人の身としては有難く支援の手にすがる他はない。

私自身も老人であるから、現在他人様の幾許《いくばく》かの援助を受けている。妻は保険適用の「要支援1」の身で、多くのサポートを受けている。今のところ、妻は七割ぐらいは自力で生活ができるが、三割は完全に人の手を借りなければ、まともな暮らしはできない。これ以上劣化が進むと相当な援助が必要になってくるであろう。

私たち夫婦は老人ホームに入居しているので、施設の職員の手で世話を受けることになる。私はいつも感じることだが、世話をする職員が百人が百人、人間愛に溢れている人ばかりではないだろうと思う。人間であるかぎり、嫌いな人、気にそまない人がいても不思議ではない。

ところが介護を仕事とする人は、全ての人が誰に対しても献身的である。少なくとも、傍目《はため》には献身的であるように見える。誰に対しても献身的、誰に対してもやさしい笑顔、これは私のいつも感心することである。

介護する人の優しさは、私の暮らす老人ホームだけの現象ではない。テレビなどで時折目にする他の介護施設や特別養護老人ホームなどの職員も、年寄りたちに献身的に接しているように見える。

もっとも介護する人たちの中にも悪い人がいて、年寄りを虐待したり、無抵抗の弱い老人を手にかける人もいる。しかし、これはごくごく希な例だと思う。年寄りの虐待などはまさに論外な振る舞いである。その具体例についてはここでは述べないことにする。

ある程度自らの手で生活できる年寄りなら、扱いやすいし、汚れ方も少ないし、介護の手間もそれほどはかからない。しかし、人間の末路は悲しいことだが、自分では何もできなくなってしまう。身の回りの些細なことも他人の手を借りなければ生活ができなくなる。そんな身になってしまえば、自分で食事することもできなくなるばかりか、糞尿まみれになることもあるかもしれない。なすすべもなく汚物にまみれてしまうのだ。

そんな老人でも介護のプロはやさしい気持ちで老人に接している。介護する人は必ずしも宗教的教えを実践している人ばかりではない。崇高な愛の理念に裏づけられて、介護を天職と考えている人ばかりではない。「ああ汚い」「触れるのもいやだな」そう考えることだってあるに違いない。それなのに優しいのだ。甲斐甲斐しいのだ。一生懸命なのだ。

なぜか。彼ら彼女らが持っている職業意識である。

年寄りを優しく労《いたわ》る仕事を職業としている人の職業意識が、老人への愛を生み出しているのだ。私は職業意識こそ素晴らしい人間の能力だと考えている。

職業意識は人間が持っている本来の能力を超えて力を発揮する。

昔、ある警官を取材したことがある。この人は凶悪犯を格闘の末逮捕して警視総監賞をもらったことがある優秀な警官である。ところがこの人、非番の日に私服で映画館に行って犯罪事件に遭遇したのだが、犯人は凶悪犯人というわけでもないのに、その警官はこそこそと犯行現場から逃げ出してしまったというのである。

「警官の服装に身を固めていると、体の芯から警官としての使命感が湧いてくるんですよ。職業意識というやつですかね。その日は私服で、犯人と向き合うのが本当に怖かったんです。私の中の職業意識に火がつかなかったんです。長い間、自己嫌悪で苦しみましたよ。この話はだれにも語ったことはありません」

警官は顔を歪めて語り、淋しそうに笑った。

私にも思い当たることがある。

私は、雑誌記者、ルポライターなどを生業《なりわい》としていたが、私の本性は、人見知りをする引っ込み思案の性質である。それなのに華やかな芸能人や海千山千の経済人や政治家の取材、インタビューを仕事としていた。

彼らと会うまでは気が重く憂鬱であるが、ひとたび仕事にとりかかると、引っ込み思案の性質が影をひそめた。訊き難いことや失礼な質問が、臆することなく口をついて出た。自分でも信じられないような百八十度の変身は職業意識そのものだったのである。職業意識は人間を美しくたくましく変貌させる。

過去に出版した拙著の中でも書いているが、介護や看護をする人はできれば自分で選んだ仕事を「天職と考えてほしい」と私は語っている。「弱者をいたわることに生きがいを感じてほしい」とも綴《つづ》っている。弱者の介護や看護をする人は、できれば自分の仕事が好きな仕事であってほしいと私は考えている。

汚れた病人や老人の世話をする仕事が好きということは、本来ありえないかもしれないとも思う。しかし、職業意識は自分のマイナスの気持ちをプラスに転じるエネルギーを生み出してくれる。

汚い肉体も職業意識で愛あるごとく扱ってもらえる。母の愛は、子供に対してあらゆるマイナスを超越して注がれる。母の愛は、無条件の愛であり神の愛に等しい。母の愛と同質の愛を他人に求めることはできない。だが、形として母の愛に近い「愛」を職業意識によって生み出すことができる。これは、私たちにとって大いなる救いである。

職業意識によって生み出される愛は純粋ではないかもしれないが、きわめて純度の高い愛である。職業的意識が強ければ強いほど、第三者の目には純度の高い愛に見えるのだ。

職業意識が生み出す愛は、単なる愛の模造品ではない。真実の愛と比較してもその輝きにいささかも見劣りがないはずである。

酔生夢死《すいせいむし》の体験的解釈

「酔生夢死」の意味は、本来酒に酔って夢うつつのごとく生涯を果てるということだ。言い換えれば、くだらない人生を送るという意味である。広辞苑では「何の為す所もなく徒《いたずら》に一生を終わること」と解説されている。

私は呑兵衛であるから「酔生夢死」という文字に、もっと具体的な人生の生き様が込められているように思えるのである。

そして「酔生夢死」という言葉が私は大好きである。私の解釈は「酒を呑んだくれて夢ばかり追いかけて死ぬこと」ということである。「夢死」というのは夢幻の中で果てるということだろう。まさに我が人生そのものである。

酔いどれの人生の究極はまさに「夢死」である。酒に溺れた人生では、立派な足跡を残すことなどできるはずがない。酔って陶然として酒に溺れつつ、くだらない夢を見ながら死んでいくのが「酔生夢死」である。私の青春はまさに「酒と恋と革命と夢」であった。青春の夢は果てても、我が生涯は終末まで酒と夢幻を道連れにした人生であった。

振り返ってみても、私など、どうせくだらない人間だと卑下自嘲しつつ、生涯が酒に溺れた人生であったが、若いときから見果てぬ夢を追いかけてきた。とはいえ、今さら気取ってみても仕方がない。酔眼朦朧の人生では、夢もまた酔った頭で紡ぎ出す妄想でしかなく、実際の人生では夢の実現などありえるはずもなかったのだ。

コロナのワクチンを接種する前日、したたかに酒を呑み、少し二日酔い気味であった。二日酔いと副作用の関係について、まともに取り上げている人がいないのは当然である。あまりに馬鹿馬鹿しくてコメントする気にもなれないであろう。二日酔いのため、もしワクチンの副作用で死ぬようなことがあれば、まさに「酔生夢死」だなと私は内心苦笑した。酒に関わりなく「何の為す所もなく徒に一生が終わった」我が人生であるが、酔生夢死ということになれば、私好みの叙情的生涯に見えなくもない。

酒との出会いは十歳の頃だ。戸棚の中に呑み残しの酒が入った湯飲み茶碗があった。私は酒と知らずに一気にそれを呑んだ。味についての感想など記憶しているはずもない。ただ、何となく陽気になって「花を召しませらんらん」と部屋の中を踊り回って、そのうちに目まいがして倒れ込んだ。

「何を騒いでいるの！」と祖母の叱責を受けたが、祖母は私が酒のせいで陽気になっていることには気がついていなかったようだ。そのとき、子供心に酒とは奇妙な飲み物だと思ったが、それがトラウマとなって酒が嫌いになったということもなかった。

本格的に呑み始めたのは十九歳ころだが、呑むのはもっぱら焼酎だった。十九歳はまだ未成年で法的には飲酒が許されていないのだが、そのことで罪の意識を感じたという記憶がない。煙草も十九歳ころから吸いはじめた。私は煙草も未成年から始めたが、煙草は何となく人目をはばかり、こそこそという感じで吸っていたような記憶がある。何となく後ろめたい思いはあったのであろう。帰省のときに煙草を吸っているところを母に見つけられ泣いて叱られたのを覚えている。叱責は身にしみたがそれで禁煙したということもなかった。以来何十年も煙りまみれの生活を送っていたが、五十代で禁煙することになった。健康のためというより、煙草のために気管支喘息になってしまったのだ。

煙草と違って酒のために病気になったということはなかったので、酒はいまだに呑み続けている。令和三年一月にガンを告知されたが、ガンは酒のために発症したということでもないらしい。しかし、それも確かなことはわからない。肺ガンと煙草のように、酒と消化器ガンもいささかのリスクにはなっているのかもしれない。

酒にまつわる話は過去に何度も書いている。へべれけに酔って爆睡し、電車を乗り過ごし、田舎の駅で始発電車が走り出すまで、まんじりともしないで一夜を明かしたということ以外、あまり酒の失敗は記憶していない。酒の上の失敗というほどでもないが、二十代の半ばごろ吉祥寺の酒場で知り合った男と意気投合して酒を呑んでいたところ、その男は突然居酒屋の店員と乱闘を始め、暴力事件で警察官に現行犯逮捕された。私も仲間だと疑われて参考人として三鷹の警察署に連行された。私があまりにも酔っているので、留置場に入れるわけにはいかないというので刑事の宿直室で一夜を明かした。後で聞いたところによると、暴れた男はその日府中の刑務所を出所したばかりだったという。酒の上の失敗というと、いつもこのことを思い出す。しかしこれとて人生に禍根を残したというほどでもない。

酒呑みに付きものの二日酔いは、数知れず体験しているが、そのために酒を止めようと思ったことはない。多くの酒呑みは二日酔いが苦しいために、もう二度と酒を呑むまいと考えるという。私の場合のど元過ぎればの譬《たと》えで、二日酔いの苦しさよりも、酒の魅力のほうが勝っていたとしか考えられない。

連日の酒浸りで、一時、アルコール中毒の心配をしたが、風邪を引いたり、病気で寝込んだりすると、何日間か酒を呑まずに過ごすことがある。そのとき、アル中にはなっていないことを確認して胸をなでおろした。いくら「酔生夢死」が我が人生の願いであってもアル中ではサマにならない。アル中のための狂い死には「酔生夢死」とはいわないだろう。

生きる意欲と生命《いのち》の炎

人間の精神の有り様によって生命《いのち》の炎が掻き立てられることはありそうな気がするが、医学的にはどうなのか、エビデンスについては調べたことはない。「病は気から」といわれている。確かに気のせいで病気になったりすることはありそうである。ストレスが健康に悪影響を及ぼすことはいまや医学の常識であり、精神的有り様と病気の発症は深い関係があるのは事実といっていいだろう。

精神力が弱くなれば、比例して免疫力も低下することも常識的に考えられる現象である。精神にある種の力がみなぎっていれば、病気を寄せ付けないということも体験的にもいえそうな気がする。心身の強靭さが病気を排除するということだ。

個人的な体験でも、緊迫するような仕事に追われていて「今ここで病気になったら大変なことになるな」と考えて仕事をしているとき、不思議にも病気になったり倒れたりしたことがない。その仕事が一段落して、ほっと一息ついたときに待ち構えていたように倒れたということがある。張り詰めていた精神が弛緩《しかん》するやいなや病気に見舞われてしまったのである。ちょうど疲れが出る頃だったのかもしれないが、私には気の緩みと同時に病が襲ってきたような感じがした。

何度も書いた話だが、長寿老人の生き方の一つが「くよくよしない」という日常生活を送っていることだ。これはストレスが健康に良くないということの裏返しの証明のような気もする。この点だけを見れば精神《こころ》が健康に大きな役割を果たしていることの証拠のような気がしないでもない。

昔、ガン患者の取材をしているとき「笑い」がガンの治療に有効だというので、落語のカセットテープを聞かせたり、実際に寄席に患者を連れていくことを実行している医者がいた。その結果が発表されたはずだが、何分遠い昔のことで、記憶も薄れたし、手元に資料も残っていない。笑いとガンについてのデータも悪い結果ではなかったと思う。同じ時期に海外の例で、瞑想をすることでガンが消滅したという話にも接した。いずれにしろ、精神の肉体に与える影響は、予想以上の効果やパワーがあるのは否定できない事実だ。

臨終を告げられた患者が、生命力を振り絞って愛する子供が駆けつけるまで生き長らえていたとか、今際《いまわ》の際に、生命力を掻き立てつつ遺言を語り終わってから息を引き取ったという話を聞いたことがある。

私の母も、その瞬間まで妻や娘（孫）の呼びかけに応じていたのに、私が病室に入ったことを確認するや意識を失った。私が駆けつけたことを確認して精神力の糸が切れたのかもしれない。ということは、精神力によって生命の炎を掻き立てることができるということである。すなわち、何が何でも生きてみせるぞと考えることで、今まさに消えんとする生命の火の火勢を強くすることができるということだ。

「この研究をやり遂げるぞ」「孫が結婚するまで生きてみせる」「この薔薇が咲く来年まで何が何でも生きていてやる」

……目的は小さくてもいい、炎を掻き立てるものは何でもいい。他人からみたら取るに足らないことでもいい。本人にとって、生命の炎を掻き立てるものがあれば、それを持っていないよりは持っていたほうがいいような気がする。

死に近づくということは、生命の炎が徐々に小さくなっていくということだ。死に直面したとき、最期の精神力を振り絞って、細くなりつつある生命の炎を掻き立ててみることも一つの方法だ。

私の知人に末期ガンを宣告された男がいた。この男はひょんなことから、七十年前の初恋の相手と連絡が取れ、再会の約束をしたという。女性は老いた姿を見せてせっかくの夢を壊したくないと考えてためらっているらしい。そういう考え方もあるだろう。私も講演などで事あるごとに、初恋の人とは会うべきではないと語っている。

そのような常識論でいえば、本当は私の友人の場合も初恋の相手とは会うべきではない。幼いときに抱いた少女の面影や初恋の甘酸っぱい幻影を破るべきではないという考え方は一般的である。しかし、彼は遠からずこの世から消えていく末期ガンの患者である。

彼は私と会うたびに彼女と会ったときの喜びを語る。実際はまだ二人が会っているわけではない。コロナのために遠出ができないからである。彼は想像の中で彼女と会ったときの喜びを私に語るのである。

医師の予測では、彼の病状は令和二年の年を越すことは無理だろうといわれていた。しかし、彼は医師の予測を裏切って年を越えた。体力的にも遠出は無理なはずだが、彼女と会う日のために、朝夕の散歩を欠かさないのである。

「東京まで付添いなしで出かけていくために、体力を維持しなければならない」と真面目な顔で私に決意を語った。

令和三年七月現在、彼の容体に変わりはない。年を越せるかどうか危ぶまれた末期ガンの彼が、私には心なしか症状が軽減したように見える。実際のところは、不明である。彼の担当医は突然容体が急変するかもしれないと危惧している。

一見、彼の容体が快方に向かっているように見えるのは、七十年前の初恋の相手に会えるという希望のために、生命の火が掻き立てられ燃え上がっているためだろうか？　その真実は私にもわからないが、あるいはそうかもしれないとも思う。今まさに消えようとする生命の炎が、生きる意欲を持ったために、再び生命の火勢が強くなったのではないだろうか？　しかし、残念ながら二人は、コロナのためにまだ会えないでいる。

七十年前の初恋に火がつくということも不思議といえば不思議である。世の中は広いというか、信じられないような話も実際に起こることもあるのだ。七十年前の初恋の相手と再会して絆が結ばれるなど、考えてみるとそれは奇跡に近い話だ。この奇跡によって失われようとする生命が再び力を吹き返すということがあってもいいと思うのだが……。

恋が生命力に活力を吹き込むということは、昔、何十組かの老人の恋を取材をした経験からうなずける話である。恋をしている老人は、一様に実年齢より五歳から十歳は若く見えた。これはホルモンの分泌など、医学的にもその因果関係は裏づけられるのではないかと思う。

しかし逆もある。恋を失った人は一挙に老け込むのも私は目の当りにしている。十歳も若く見えた人が、失恋で十歳も老け込んでしまう。老人の恋は両刃の剣であることを私は痛感している。すなわち、老人の恋は生命の炎を掻き立てる力も持つが、失恋は一朝にして生命の炎を掻き消してしまうことにもなりかねないのである。

精神《こころ》と生命力、まことに不思議な関係というべきである。

何はともあれ、死神を寄せ付けないためには、老人は生きようとする強い意欲を持ち続けていることが必要なのかもしれない。

運命論そしてこの世の終わり方

人生の終わり方については、皆さんそれぞれの考え方を持っているように見受けられる。中には何の考えも持たず、成り行きの自爆と考えている人もいるかもしれない。

私は三十年くらい前までは、自分の晩年は四畳半に万年床、一升瓶を抱えて座っている無精髭の我が姿をイメージしていた。そのイメージで察するに、自分の人生の最期は決して幸せではなかったということだ。そして不思議なことに、その想像図に妻も娘も登場していないところをみると、私は離婚を予感していて、孤独な晩年を覚悟していたのかもしれない。

私の考える終末は、当時、無為無策の自爆死が念頭にあった気がする。ところが豈図《あにはか》らんや私の場合は、忍耐強い妻のお陰で離婚されることもなく、私が予測していた晩年よりはるかに恵まれた最期を迎えることができそうである。

人間の最期の迎え方にはいくつもの道筋がある。

故郷で死ぬか、異郷で死ぬか。自宅で死ぬか、病院で死ぬか。若くして死ぬか、天寿を全うするか。家族に看取られて死ぬか、孤独死をするか。病死か老衰死か……。人間の最期には様々な形があるが、いずれにしても、私たちの誰一人として死を避けて通るわけにはいかない。

人間、どのような最期になるにしろ、七十歳過ぎたら自分の終末について考えつつ老いたほうがいい気がする。無為無策の自爆の最期にしろ、自分の覚悟の上の選択で決めるべきで、終わってみたら結果的に無為無策の死に様だったというのでは少し淋しすぎる。

核家族化の社会形態では、家族に見守られてあの世に旅立つという望ましい最期とばかりはいかない。誰にも看取られず、ひっそりと孤独の中で死んでいかなければならない場合もあるかもしれない。

死というのは動物にとって本能的に恐怖であるが、知性のある人間は死の恐怖を克服して、従容《しょうよう》として死を迎えるということが正しい最期のような気がする。

人生というのは、神によって与えられた運命によって導かれる生涯といえないこともない。運命というのは便利な言葉で、人知や努力や意思によっても自由になららない結末は全て「運命」という言葉で片付けることができる。

私の場合、人生八十年、人生行路において、無駄な抵抗も克己も努力も放棄して風の吹くままに生きてきた「ふうてん人生」であったが、臆面もなく、私の生涯を運命とうそぶいている。

家族に囲まれてあの世にいくのも、都会の荒野で孤独死するのも全て運命と考えれば、悔やむことも嘆くこともない。人間の力では変えることなどできない運命は嘆いてもあがいても仕方がない。

私が日本に生まれたのも、北朝鮮に生まれなかったのも運命である。エスキモーに生まれなかったのも、カナダに生まれなかったのも運命である。私がある日、日本の東北で、名もなく貧しき両親のもとに生を受けたのも運命である。

人は誰でも時と所を選ばずにこの世に生を受ける。そのこと自体運命である。私が勤皇の志士として倒幕運動に関わることができなかったのも運命である。新撰組隊士として幕末の京都で剣をふるうこともなかったのも運命である。

そんな昔の話でなくとも、私は深い考えもなく少年航空兵に憧れたが、夢が実現する前に戦争が終わった。ほんの数年という時間の差で私は命拾いをした。もし、数年早く生まれていたら私はお国のために若き命を散らしていたかもしれない。

私は少年航空兵にはなれなかったが、私より六歳年上の友人は翌日の出撃を告げられていた。ところがその翌日に広島に原爆が投下されて、急きょ出撃が延期されたという。そのために彼は空中に散ることを免れた。運命というものはそういうものである。しかし、広島に出かけていた彼の友人を捜しに原爆投下の翌日に広島に入って被爆した。彼は七十五歳まで生き長らえたが、生涯原爆手帳を持っていた。彼はやはり一つの運命を生きたと思う。

運命は人知で変えることはできない。それゆえに不幸な星のもとに生まれる人もいる。例えば両親の虐待で命を落とさなければならなかった子供などの短い生涯は無情な運命を感じる。この両親のもとに生まれていなかったらと考えると言葉も無い。何しろ実の両親に殺されるのだからこれほど残酷なことはない。しかしこれも運命とあらば仕方がない。

運命は不条理ということでもある。私は父の早世で父の顔も知らない。しかし私は慈愛に満ちた母と厳しい明治生まれの烈女のような祖母に育てられた。私は生まれつき不良少年の資質があったが、辛うじて道を踏み外すことなく成年を迎えた。

これも私の意思に関わりない運命が幸いしたとしかいえない。慈愛の母と厳しい祖母にしつけられて辛うじて道を踏み外さなかったのだ。

釈迦の出家の動機の一つに、人生の不条理があったと考えられる。

釈迦は、自分が王家に生まれたのに、奴隷の両親のもとに生まれなければならない人もいることに人生の不条理を感じたのである。人間の誕生は運命であり本人の意思に関わりない。好んで王家に生まれたわけでもないし、奴隷の両親を選んで生まれたわけでもない。

中にはこの世の栄光を努力で勝ち取った人たちもいる。襲いかかる艱難辛苦《かんなんしんく》や人生の不条理に体当たりして、運命の壁を英知と努力で乗り越えたのである。しかしその人たちは必ずといっていいほど、同じような言葉を残している。

「私は何て幸運な人生を歩んだのかと思います」

というような言葉である。立派な人だけに自分の成功を謙譲の言葉で語ったのかもしれない。しかし、自分の栄光の何分の一かは自分の力ではなく運命によってもたらされたものだと考えるのは当然のことかもしれない。

どんな人であれ、人間は運命から自由に羽ばたくことはできないのだから、人間の最期もいかなる死に様を迎えることになるか、神のみぞ知るということだ。最期の最期も運命によって導かれるのが人生ということか……?。

しかし、終末に直面する死の一瞬は、自らの意思で運命に逆らってみたい気もする。孤独死であろうが、多くの人に見守られつつ終末を迎えるにしても、自分で死に様を演出したいと思うのである。果たしてできるかな?

私にもわからない。

幸福を買うということ――自立型老人ホームの老後

私は七十七歳で伊豆半島にある自立型老人ホームに入居した。老人ホームへの入居は妻が強く望んだことである。

当時、私は辛うじて現役で売文業の仕事をしていた。年齢的に酒も放蕩の意欲も減退してはいたが、まだネオン街や呑み友達、カラオケ酒場に未練があった。

あるとき妻が、腰痛の悪化で炊事や家事をこなすのが苦痛になったと私に訴えたのである。妻の代わりに私が何分の一かの家事を代行すればいいのだが、私は結婚以来家事に背を向けてきた。「男子厨房に入るべからず」という古来の金言を盾に取ったわけではなく、生来の不器用さと怠惰ゆえに家事を避けてきたのである。

まるっきり家事の経験がないかというと、そうでもなく、二十代の何年間かは自炊の経験もあった。自炊の経験といったところで、何日も何食も秋刀魚《さんま》の開きに田舎の母が送ってくる金婚《きんこん》漬けという味噌漬だけのメニューである。秋刀魚の開きというとご馳走のようでもあるが、当時秋刀魚の開きは一尾十円であったので、いつも貧乏な暮らしをしていた私にとっては打ってつけの食材だったのである。

このようなメニューでも自炊と呼ぶのかどうかわからないが、そんな私の体たらくを知っている妻は、私の家事など最初から当てになんかしていなかったのである。第一、出かけると終電車、午前様の帰宅では当てにしようにも頼みの綱にはならなかったのだ。

長年、妻に犠牲を強いてきた私としても、腰痛で苦しんでいる妻の頼みを無下に退けるわけにもいかなかった。長年の放蕩、遊蕩で家庭をかえりみなかった私は、せめて晩年の何年間は妻の思い通りの人生を送らせてやらねばならないだろうと考えていた。

それに、これ以上同じ家に住み続けるためには、築三十年の我が家は大がかりなリフォームをしなければならなかった。それに加え、老齢が日々加速するとなると、建て替えを機にバリアフリーなどにも配慮しなければならないだろう。これも少し憂鬱だった。

前述したように私は終末は成り行き任せの自爆を心のどこかで考えていたので、家屋は傷み放題、庭は荒れ放題でもかまわないという気持ちもあった。妻が家事を続けるのが苦痛なら、お手伝いさんを雇って家事をしてもらうということも私は提案した。しかし、妻は私に輪をかけた人見知りで、家に他人様が入ってくることを極端に嫌がった。

そのような事情で老人ホームに入ることになったのである。

老人ホームというと、大方の人は体が動けなくなって入る「特別養護老人ホーム」を思い浮かべるが、老人ホームとはいいながら、まだ他人の手を借りずに生活できるうちに入るのが「自立型老人ホーム」である。

日常の中で、さまざまな生活の援助は受けるが、通常の暮らしは自立した生活を送っているのが「自立型老人ホーム」の住民である。自立型の理想的な形は、老人ホームを終末の場所とだけとらえるのではなく、終末までの老いの人生を新しく構築して生きることであり、それが自立型老人ホームの正しい考え方である。

現実問題として、あちら社会にいての老人の暮らしは、いろいろな不安を抱えながら日を送らなければならない。私たち夫婦は老人ホームに入る前は神奈川県の相模原市に住んでいた。神奈川は北国ではないが、時には雪が降ることがあった。そのたびに妻は雪掻きをしていた。当然のことながら、妻は何日かに一度は買い物に出かけなければならなかった。重い荷物を下げてスーパーから帰ってくる。台風のときには家事無能力者の私に代わって妻は防災の準備にも余念がなかった。

妻の腰痛の原因は、このような家事の労働も一因になっているのかもしれない。そして、老人ホームに入居することで、妻は日常生活の些事や労働から解放された。妻が気にしていた食事は食堂で三食とることができる。細かい生活のあれこれは職員によってフォローしてもらうことができる。

妻は大浴場で二度ほど溺れそうになり、介護保険の「要支援1」の認定を受けた。そのために、雨の日などには食事は配膳してもらえるようになった。入浴は車椅子での送り迎えである。洗濯も一日百何十円という料金で下着や普段着のシャツなどは洗濯してもらえる。介護保険の適用を受けていない私は、本当は自分の分は私が洗濯しなければならないのだが、洗濯は妻の仕事ということで、私の分まで引き受けてもらっている。

あちら社会に暮らしていれば、当然ながら日常の家事雑事は老骨に鞭打って自分の手で行わなければならない。

妻は無能な夫と結婚したために、一生を家事のためにはいずり回って働かなければならなかった。それが老人ホームに入ったために、その大半の雑事を肩代わりしてもらっている。妻は老人ホーム入居のメリットをたっぷり享受している。

「老人ホームはなぜ必要か」ということについて講演の依頼を受けることがある。私には老人ホームに関する拙著が何冊かあるためだ。内容は入居の体験談や入門書、老人の暮らしの随筆、評論などである。

私は講演で老人ホームの必要性について次の五項目を挙げる。

①老いゆえの不安の増大

②見守られる必要性

③子供や家族に迷惑をかけたくない

④新しい人生を生きる
⑤終末を見据えて生きる

私の場合も、入居の直接的原因は妻の腰痛であったが、入居してみてこの五つの項目に全て当てはまっていることを痛感する。当然ながら、以上の五項目は私の体験から導き出したものだ。

実際に老人ホームに入って、私は大きな幸運を体験した。

私は、老人ホームに入居した年、七十七歳のときに脳出血を発症した。ホームの食堂で昼食を食べているときだった。突然全身が脱力感に襲われた。箸を持つ手に力が入らないのである。体が前後にぐらぐらと揺れた。私は前夜、遅くまで原稿を書いていて、寝不足のせいかもしれないという思いが脳裏をかすめた。部屋に戻って酒でも呑んで寝れば落ち着くかもしれないと思った。一瞬、《脳卒中かな？》という思いも意識の底に浮かんだが、私の先輩、同輩の脳卒中を患った人たちは、皆さん発症と同時に意識を失っている。私はそのとき、意識がはっきりしていた。まさか脳卒中ではあるまいとその考えを自ら打ち消した。私の異変に気がついた職員の一人が「ちょっと様子がおかしいから、すぐ診療所へ行って診察を受けましょう」

といって車椅子を運んできた。

結果、脳卒中の疑いがあるというのでホームの車で大病院に急行、CT等の精密検査で「脳出血」と診断された。あのとき、部屋に戻って酒でも呑んでいたら、それこそ大変なことになっていた。処置が早かったために、後遺症も残らずに、いまだ元気で暮らしている。

あのとき、もしあちら社会で暮らしていて発症したら、今の私で居られたかどうかわからない。確かに見守られて生きていたための幸運を、私は手にすることができたのである。

妻はあちら社会で暮らしていれば、辛い日々を送らなければならなかったのは当然である。やさしい近隣といっても、いつも私たち老夫婦を見守っているわけにはいかないだろう。妻は辛い老後を予測して、老いの生き方の一つとして、老人ホームを老後の暮らしとして見据えていたわけだ。

妻は小さな幸福を買ったのである。ぐうたら亭主と暮らしていたのでは老後は不幸を味合わなければならないと考えて、老人ホームへの入居を決断したのである。

金銭で買える幸福というものもあるのだ、ということを私は妻に教えられた。

路傍に咲く幸福の花

前述した項目の中に「小さな幸せ見つけた」という題の小品がある。この中で私は「幸福の自己演出」ということを語っている。私はその小品の中で、日常の生活の中で折にふれて顔を出す小さな幸福感について述べている。その幸福感は自分で演出することもできると述べているが、具体的にこれがそうだと指摘しているわけではない。小さな幸福についてははなはだ抽象的、情緒的に述べているだけだ。

前述のエッセイで小さな幸福について具体的に述べているのは「花壇に薔薇が咲いた日」「読書していて思いがけないフレーズに出会ったとき」「読者から共感の読後感が寄せられたとき」「懐かしい友と再会したとき」「温泉で歌をうたうとき」……などを列挙して「数えあげればきりがない」と述べている。そしてその幸福感は、あきれるほど些細な幸福感であると語っている。本項でも、あきれるほど些細な幸福感について、もう少し具体的な例を挙げて述べてみようと思う。

「路傍の人」というのは、行きずりの自分に無関係な人という意味であるが、ここでいう「路傍の幸福」というのは「自分に無関係な幸福」という意味で用いてはいない。路傍に咲く名もない花のように小さな幸福という意味である。

私は人生行路の終わりを迎える身になって、小さな幸せによって自分が毎日を生かされていることを感じる。道端に咲いている小さな花に触れることで、終末の旅を続ける気力を知らず知らずのうちに身に付けているのである。道端に咲く小さな花、すなわち路傍の幸せを摘み取ることが、生きる活力になっているのだ。

前述した「小さな幸せ見つけた」の中で「読書をしていて思いがけないフレーズに出会ったとき」を小さな幸福感として挙げているが、特別フレーズでなくてもいい。自分が啓発される思想や史観や視点を、読書の中で見つけることも楽しみである。

しかし、思索のための読書でなくともいい。読書は娯楽でもいいのだ。スリリングなミステリー小説、痛快な時代小説、ときめくような恋愛小説など、どんな読書も終末のあるひと時を幸福感で満たしてくれる。

残念ながら、読書による幸福感を得るためには、最低限の視力がなければならない。加齢とともに視力が弱くなっていく、小さな幸福もまた心身の劣化によって左右されるのが残念である。

小さな幸福として「花壇に薔薇が咲いた日」と前述しているが、植物を育てることも老いの日々の幸せを実感させてくれる一つの行為だ。幸福の自己演出としては最適な作業である。花だけではなく、野菜づくり、家庭菜園、どれもが幸せを実感させてくれる。花が咲く、実が成る、収穫する。どれもが生きる上での小さな幸せと直結している。

大方の人が納得するのは、子や孫の暮らしを見守ることも幸せの一つだということである。中には少数ながら子や孫と仲のよくない人もいる。こういう人は自らの手で路傍の花の一つを手折って自分の足下に捨ててきたということか。もっとも、私は娘が離婚して孫に恵まれなかったので、孫の成長などの楽しみを知らずに老いた。もっとも、最初から我が道端に咲いていなかった花なので、孫がいないことを特別不幸せだと思ったこともない。

中には何が何でも孫の結婚式の日までは生きていたいと、細りゆく命の炎を掻き立てる人もいるのだから、そういう人にとっては孫の存在は路傍の花どころではない。絢爛《けんらん》たる幸福の花園に咲く人生無二の幸せの花といえるのかもしれない。

友と会って語ることは、老人にとってやはり小さな幸せといえるかもしれない。論語に《朋有り遠方より来たる、亦、楽しからずや》という一行がある。論語は同学の友だちが遠方から訪ねてきて学問について語り合うことは無二の喜びであると説いているが、何も学問を志す友人でなくてもいい。自分と気心の通っている友人と一献傾けながら談論風発することはやはり小さな楽しみである。

友と語るのなら、できるなら愚痴や泣き言ではなく、明るく前向きな話題を選ぶべきである。それでこそ友との語らいが小さな幸せとなるのである。もちろん真の友なら、自分の恥部も暗部も隠す必要はないのだが、じめじめした嘆きの話題ということなら、路傍に咲く小さな幸せの花というわけにはゆくまい。

コロナ禍で長い年月、友との語らいが封じられてしまった。我が人生行路の終わりにきて、路傍の花も未知の疫病に踏みにじられてしまった格好である。人生行路が暗夜行路への暗転ではまことに救われない末路である。路傍の可憐な花だけに小さな幸福はすぐに手の中からこぼれてしまう。

グルメなども小さな幸せを運んでくる身近な行為だが、歳とともに食が細くなって楽しみも半減する。特に生まれつきの貧乏性のためか、高級グルメよりB級グルメに小さな幸せを感ずる。

私のような美食に鈍感な人間ではなく、真のグルメ通なら、高級食材の食べ歩きなどは幸せを演出するのに最高の手段といえるだろう。

物を作る作業も瞬時に幸せ感を運んできてくれる。薔薇の栽培や野菜作りについては冒頭でも述べた。ここでは作るというのは「創る」幸せのことである。

俳句、短歌、小説、陶芸、手芸、書画などクリエイティブな作業に没頭することも確かにしばしの不幸せを忘れさせてくれる。一つの行為に没頭して、不幸せを忘れているということは、一つの幸せのつかみ方でもある。

確かに物を創るとき、創作を邪魔する雑念は有害である。創作の意欲と物を創る作業に自分を埋没させることでよい作品が出来上がる。そういう意味では、不幸の最中《さなか》にいる人にとっては、創作活動は向いていないといえないこともない。

不幸や悲嘆を創作のエネルギーとするという考え方もある。それは真の芸術家の話で、小さな幸福論という次元の話ではない。天下の不幸、この世にあるまじき悲嘆を肥やしにして大芸術を創造するという話はここではそぐわない。

本項で述べようとしているのは、創作に没頭して小さな不幸など眼中になくなるという卑近な話についてである。不幸などつけ込む隙がないように創作に熱中するということで手に入れる小さな幸福という点について述べているのである。

私は一応、物書きのプロとして出版界の末席を汚しているので、文章を書いたり小説を書いたりすることを、小さな幸福をつかむための行為として行っているわけではない。しかし、書き物に没頭しているときは、我が身の不幸について自覚も意識もしているわけではない。やはり裏返していえば物を書いているときは、小さな幸福にひたっているといってもいいのかもしれない。

私は俳人ではないが、幼少からの七十余年にわたる俳句オタクであり、拙著に俳句の入門書があることから、伊豆の居住地で俳句会の講師をお引受けしている。確かに発句を考えているときには、瞬時雑念から解き放たれる。発句に心を傾けているときは小さな幸福にひたっているといえるのかもしれない。

短歌や陶芸については全くの門外漢であるが、創作に向き合っている作家は、おそらく私が発句にのめりこんでいるときとあまり変わらない心理状況だろうと思う。手芸、書画でも創作の過程では似たようなものに違いないと推測できる。

演歌の歌詞の中には、失恋の傷みに耐えながら夜汽車の中でセーターを編む場面も描かれているが、編み物は心が傷みにうずいている最中《さなか》でも自然に手が動くのかもしれない。悲しみに耐えながらも手が動くということになると、編み物は小さな幸せを味合うことと別な行動といえるのかもしれない。

ずばり小さな幸せといえるのは歌をうたうことである。実際に私の体験からいって、不幸のどん底にいるときなど、歌をうたう気になれない。逆に小さな不幸感を感じているときなど歌をうたうと、暗鬱感や憂鬱感がぬぐい去られるように消えてゆく。私の日課は、朝目覚めるとベッドの中で歌をうたうことだ。医学的な話とは関係なく、私のガンの進行が遅いのは朝の目覚めの歌のためではないかなどと一人考えてほくそ笑んでいる。

歌とは別に、また幸不幸に関係なく、お経を声をあげて詠むということなども、少なくとも暗鬱な気分はぬぐい去ってくれそうな気がする。私は実行したことはないが、お経の持っている魔力と仏力はそれなりに効果がありそうな気がする。

声をあげて歌をうたったりお経を唱えることは、小さな幸せ感を味合う行為としては確実な気がする。前述のように気分が塞いでいたり、体調が勝れないときは歌などうたう気になれない。しかし歌と違って、お経は気分に左右される事なくお呪《まじな》いとして詠むことができるはずだ。気分が乗っているときは歌をうたい、気分が乗らないときはお経を声をあげて唱えることで小さな幸せを呼び込むことができるかもしれない。

歌ということなら、カラオケも小さな幸せに出会う絶好の方法である。歌のバックに音楽が流れることで気分は高揚する。すなわち小さな幸せを実感できるということだ。私はカラオケ実践者であるからそのことは断言できる。

カラオケということになると一つの遊びである。人間にとって遊びも人生のまぎれもない路傍の幸せの一つである。

ゴルフも遊びなのかどうか意見の分かれるところだが、ゴルフに熱中することで、人生をエンジョイしている人もいる。ゴルフに生きがいを求めている人は実在している。

麻雀は遊びに違いない。数十年前、賭け麻雀に熱中していたころは、とても遊びという感覚ではなかったが、老人ホームの仲間と純粋にゲームとして楽しむようになってからは遊びとして、上等のゲームだと改めて実感している。根をつめてのめり込むと、負けたとき疲労感が残るが、あまり勝ち負けにこだわらず、ゆとりの心で遊ぶならひと時の幸福感を満喫するのに最適の遊びである。ゲームに熱中しているときは老いの憂鬱感を忘れている。同様に将棋、碁、チェス、トランプなどのゲームも小さな幸福感を味合うのに適していると思う。

歳をとるとスポーツは体力的に無理である。散歩は健康維持に適した方法だが、必ずしも路傍の幸福に出会えるとはかぎらない。若いとき、歩きつつさまよいつつ私は不幸せな自分を嘆いたことがある。また散歩しながら自殺の場所を探した事もある。やはり散歩は遊びとは違うのではないか。

もっとも日常的で身近な楽しみにテレビがある。あまりに身近過ぎて、これが小さな幸福といえるのかどうか迷うところだが、テレビで無聊《ぶりょう》を慰められている自分をときどき自覚する。

ニュースはともかく、政治評論、社会解説、世界情勢、スポーツ、娯楽番組いずれも興味を引き付けられて、気がついてみると思いがけない時間が経過している。その間、憂鬱感を忘れて過ごしているのは確かだ。ドラマももちろん魅力があるが、耳が遠くなって役者の台詞が聞き取りにくいことが多い。ボリュームを上げると耳のいい妻に音が高すぎると文句をいわれる。それが残念だ。

テレビ番組は、地上、BS、NHK、民放、選りどり見どりで選ぶのに迷うことがある。内心「愚劣だ」と自嘲しながら、愚劣番組に最後まで突き合わされたこともある。テレビは憂鬱な心をしばし慰めてくれるのは間違いはない。

私は酒呑みである。歳とともに酒量は落ちているが、酒の無い人生は考えられない。酒を愛しつつ生涯を閉じるつもりでいる。私は酒を呑むことで幸せを感じているが、降りかかる憂さを忘れるために呑む酒もある。

しかし自棄《やけ》酒は決して幸せを招く行為ではない。酒を呑むなら陽気になるために呑むべきである。酒に酔い人生の労苦からしばし己を解放することを酒の目的とすべきである。酔って陶然とし人生を讃え、己の生涯を肯定するような酒の呑み方を習慣とすべきである。「酔生夢死」なんと心地好い語感ではないか。

私の住む老人ホームの大浴場は温泉である。各居室にも浴室はあるが、入居以来浴室はクローゼットとして使用しており、入浴はもっぱら大浴場の温泉である。風呂が温泉のためかどうかわからないが、どんなにか日々の心にわだかまる小さな憂鬱が洗い流されていることか。

心にかかる小さなメランコリーは温泉につかることで流れてしまう。私は気が小さいくせに図々しいところがあり、温泉につかりながら人目もはばからず歌をうたう。これで完全に小さな幸福を手に入れることができる。中には苦々しく思っている人もいるのかもしれないが、歌をうたわないでくれと正面切ってクレームをつけられたことはない。温泉と歌、これは小さな幸福感としては上等のものだ。

私は寝つきがいい。いまだかつて睡眠薬を飲んだことがない。どんなに翌日、緊張感を強いられる現実が待っていようが、ベッドに横たわるや否や眠りに引き込まれてしまう。どんなに今日、ショックを受けるような事態に遭遇しても、また悲しい現実を体験しようが、ベッドに横たわるや安らかな眠りに入っていける。どんなに考えなければならない重大問題を抱えていても、とりあえずひと眠りしてから考えようと心を切り替える。睡眠も私にとっては小さな路傍の幸せなのである。

テレビ礼賛――イチオシ番組寸評

「路傍の幸福」でも前述したが、テレビは老人の無聊《ぶりょう》を慰めて小さな幸福を与えてくれる重要なツールである。テレビは老人にとって小さな幸福を手に入れるためには欠かせない道具である。私にはテレビのない暮らしは今や考えられない。「テレビっ子」という言葉があるが、まさに我が輩は「テレビ爺《じい》」である。

おそらくこれは私がミーハーにして通俗的老人だからであろう。テレビなどに目もくれず、ひたすら人生の意義や真理を追求している哲学老人は、私のようなテレビ老人は蔑視に値する愚か者と思っているかもしれない。

昔、大評論家の大宅壮一さんはテレビが普及し始めたころ「一億総白痴化」という卓説を述べられた。テレビによって思考を放棄する馬鹿者が日本を席捲《せっけん》するのではないかと危惧されたのである。一億はともかく、テレビの普及によって相当数が白痴化したのは間違いない。私もまさにその白痴の一人である。私の場合、白痴的老人となって齢《よわい》八十六歳を迎えたわけである。

そのテレビを礼賛しようというのだから、輪をかけた大馬鹿者ということになる。しかし、私はテレビによって生きる幸せをいただいているのだから、生きているうちにテレビのことを褒めておいてもいいだろうと考えたわけである。コケの一念ならぬ「コケの律儀」ともいうべき心情かもしれない。

中には白痴を通り越したテレビ中毒患者もいる。テレビ中毒患者はテレビがついていないと落ち着かないのである。じっくり観ているわけではないのにテレビが作動していないと生活のリズムが狂ってしまう。この場合は中毒だから救い難い。場合によったら白痴よりも救い難いかもしれない。

観ているわけではないのにテレビが動いていないと放心状態になって、何も手がつかない。そのために一日中、愚にもつかない番組を流したままにしておく。こうなるとテレビの恩恵もクソもない。テレビの音声と画面に接していないと体調に異変が起きるのだからあきれてしまう。朝、目が醒めてまずテレビをONにするのがテレビ中毒患者の日課の一歩ということになる。

私はテレビも酒もやや依存症的傾向にあるものの、真性中毒患者にはなっていない。酒もテレビも無ければ淋しいが、無くても精神に異常を来《きた》すほどではない。

私にとって酒もテレビも小さな幸福を与えてくれるもので、花より団子程度に重要なものである。もっとも、私は花があれば尚結構という欲張りである。まあ、とにかく私はテレビ大好き老人であることは間違いない。

新聞もこまめに読むが、テレビのほうがニュース解説にしても取りつきやすい。活字よりも頭に入りやすい。これは明らかに年齢《とし》のせいである。テレビのニュースで事件の概略を知り、もっと詳しく詳細を知りたかったら新聞の解説を読むことにしている。テレビがなければ事件そのものに興味を持たなかったかもしれないと思うものもある。ニュースの映像とともにアナウンサーのリポートがあることで内外の時事、事件に関心が引き付けられる。テレビの映像の存在は大きい。

諸兄姉周知のように、テレビ番組はピンからキリである。ミーハーの野次馬視聴者である私が偉そうにピンキリなどというのだからおこがましいが、私的にピンからキリといっているわけで諸兄姉は気にすることはない。野次馬の私が論評するのだから大したことをいうわけではない。

若者に人気のあるバラエティなどは老人の私にとって苦手である。この頃は古典落語はともかく、ドタバタのお笑い番組は苦手になってきた。昔は漫才などを好んで聞いたのだが、歳を重ねるごとにお笑い番組に対して興味が半減してきた。これではいけないと思いながら、好みの変化は如何ともし難い。本当は腹を抱えて笑い、転げ回って笑うようでなければならない。笑いに鈍感になったということは老いが深まってきたことの何よりの証拠である。

漠然と料理番組を観たりすることがある。観ながら食べると旨いかもしれないと想像する。しかし、観ているうちに自分が食べるわけでも、まして作るわけでもないのにという思いがふと浮かんだりすると、空しくなってチャンネルを替える。

何十年となく惰性のごとく観ている番組もある。NHKの朝ドラ、日曜夜八時からの大河ドラマ、月曜日の「鶴瓶の家族に乾杯」である。しかし、ドラマはこの頃苦痛になってきた。役者によっては声の聞き取り難い人もいる。何を言っているのか判らないままに、何となく観ている。テレビのボリュームを上げればいいのだが、すぐに妻に「うるさい！」とたしなめられる。

妻は耳がいい。そして朝ドラにも大河にも興味を示さない。私にしてみると、何十年となく親しんできた習慣を今更変えることに抵抗があり、漫然と観ている。大河の場合は歴史物が題材になっているので、何となくあらすじが理解できる。ところが脚本家によっては、史実が省略されていたり、ねじ曲げられていたりする例もある。

そうなると私の想像力も及ばなくなる。これは淋しい。難聴のせいで、ドラマは少しずつ敬遠するようになった。しかし長年親しんできた朝ドラと大河ドラマから離れるのが淋しくて、いまだに何となく見続けている。哀れな習性というべきかもしれない。

割に続けて観ているのが「鶴瓶の家族に乾杯」である。毎回、著名なゲストが参加して全国津津浦浦の市町村を回って地元の人とふれあうぶっつけ本番の番組である。ホストというか主役というかわからないが、落語家の笑福亭鶴瓶《しょうふくていつるべ》の自然に醸し出す暖かみのある人間性が番組を味わい深いものにしている。ゲストによっても面白さが左右される。毎回変わるゲストの多彩さも番組のユニークさになっている。番組に上手に溶け込むゲスト、鶴瓶の個性に霞んでしまうゲスト、鶴瓶が感心するような番組を盛り上げるゲストとさまざまで、それも番組の見所である。

いきなり訪れる町や村で行きずりの人々との交流がこの番組のポイントである。何気なく交わされる会話の中に住民の人生やその家族の姿が浮かび上がってくる。絶対見逃さないというほどに待ち望んでいるわけではないが、月曜日、夜七時には「家族に乾杯」にスイッチを合わせることが多い。

考えてみると、ＮＨＫの朝ドラ、大河ドラマのように何が何でもというわけではないが、気がつけば、必ずといっていいようにチャンネルを合わせている番組がある。

毎日、朝は「羽鳥慎一モーニングショー」である。コメンテーターが毎回変わってそれなりに変化があって面白い。つまらないコメンテーターもいるが、つまらなさが味となっている。取り上げる切り口がいい。この番組を観ているとメディアの正義のようなものを感じる。番組はテレ朝だが、社員のレギュラーコメンテーターのTの論調は好ましい。舌鋒は鋭いがいつも正論である。キャスターの羽鳥慎一の司会は軽妙で正確である。Tの論調が激しくなると、それ以上炎上しないようにムードを柔らかく変える。天性の司会者といえる。なかなかのハンサムで好感が持てる。用意されるパネルは判りやすくかつ緻密で当を得ている。番組の制作スタッフが優秀な証拠である。

日曜日には「サンデーモーニング」を観ることが多い。これも長寿番組である。司会は俳優の関口宏である。俳優の司会者らしく評論家やジャーナリストの司会と違って特別な持論、私論は展開せず、番組は出演するゲストのユニークさを売りにしている。ゲストもそれなりに個性に富んでいる人が多く、週変わりで出演者が変わる。この番組の中に「喝・あっぱれ」でスポーツ論評するコーナーがあり、レギュラーは元野球選手にして球界のご意見番の張本勲である。個性豊かにスポーツ選手のプレーを叱咤激励し「喝」と決めつけたり「あっぱれ！」と褒め讃える。張さんの古武士のごとき歯に衣着せぬ言辞は視聴者を痛快にさせる。以前は親分の愛称がある大沢啓二とコンビのレギュラーで盛り上げていたが、親分の急逝以来、毎回ゲストが出演するようになった。取り上げるのは野球のみならず、サッカー、ゴルフに加え、相撲、卓球、次々に脚光を浴びる新しいスポーツまで全般に渡っている。張さんの一見頑固親父《おやじ》風の口調は観ていて楽しい。

二、三年くらい前までは日曜日の「素人のど自慢」も長い間続けて観ていたテレビ番組である。のど自慢といえば大昔のラジオのときから聴いており、宮田輝、高橋圭三のころからのファンであった。

あまり周囲に語ったことはないが、私にはのど自慢の合格者を言い当てる特技がある。特技といったところで、自慢になるような特技ではない。ＮＨＫの審査員と同じセンスで合格者を言い当てるということだけのことだ。今のところ九十パーセント程度の的中率である。これが楽しいために観ているというわけでもない。素人の中に優れた才能が眠っているのが驚きで、そのことに出会えたのが楽しいのかもしれない。

もちろん出場者の中には一定のレベルに達していない人もいる。ＮＨＫとしては出演者のバランスを考えて、下手な人も出場させているのであろう。下手は下手なりに楽しい出場者もいることも新鮮なのだろうと思う。昔と違ってカラオケが普及した今、総じて出演者のレベルがアップしている感じがする。

当然のことかもしれないが、この頃の出場者には演歌が少なくなった。私の的中率にはあまり影響がないが、私の知らない歌がほとんどである。それで興味が半減したということはいえる。それでこの二年くらいはのど自慢を御無沙汰することが多い。コロナ禍で、のど自慢の形にも変化があり、そんなことも私に興味を失わせた原因の一つになっているのかもしれない。

昔は欠かさず観ていた大晦日の紅白歌合戦もこの十年くらいはほとんど観ていない。番組に興味がないせいか紅白の始まるころに眠くなる。ちょうど大晦日の晩酌の酔いが回ってくる時刻でもある。紅白歌合戦というと、昔は結構年寄りも観ていた国民的番組だったようにも思うのだが、今は若者向けになったのだろうか？

それとも私が歳をとりすぎて国民的番組に取り残されてしまったのかもしれない。

漫然と観る番組には旅番組がある。自分で旅する機会が少なくなったために、その代わりにテレビで観るということもあるし、かつて旅した場所の懐かしさを求めて観るということもある。私は現役時代、旅のライター、ドライブガイドなどの取材で北海道から沖縄まで日本全国を回ったが、けっこう日本も広くて、当然ながら私の知らない場所が日本の隅々にたくさん残っている。旅の取材とは無縁の他の取材でも日本各地に出向いたが、その折は、仕事が一段落すると名所旧跡はタクシーで急いで回って帰ってきた。今考えると、もう少し丁寧にゆっくり観ればよかったと、何て馬鹿なことをしたものだと後悔しながら旅番組を観ている。

小さな企画では「ぶらり途中下車の旅」という番組もある。電車の各線を途中下車しながらユニークな場所や店舗を紹介する番組だ。私も都会に六十年以上住んでいたから大方の線は利用したが、素通りした駅々のほうが多い。車で素通りしたところもある。

放映される街角や裏通りに懐かしさと新鮮さを感じる。私は中央線、山手線、総武線、京王線、小田急線、横浜線、地下鉄各線を何十年となく利用してきた。しかし何十年間の中でも、乗り降りした駅のほうが全体からみると少ない。人間の行動範囲の狭さに今更ながら驚かされる。

外国の旅番組も割によく観る。東南アジア、欧米など、外国も結構出かけたが、地球の広さからいったら、出かけたのはほんの一角で、未知の国のほうが圧倒的に多い。外国の旅番組は、行きたいと思いながら果たせなかった国や都市の風景、裏通りのアパートメントや石畳の坂道など、そこに住む自分のことをイメージしながら観ている。

必ず観るというほどではないが、積極的に観る番組もある。「グッと！地球便」「Ｙｏｕは何しに日本へ？」「ワタシが日本に住む理由」「ポツンと一軒家」「何でも鑑定団」といった番組である。

「グッと！地球便」は志を抱いて外国に渡り、孤軍奮闘している我が子に対して親が真心のひと品を届けるという番組だ。ミュージシャン、芸術家、職人、料理人、旅行ガイド、途上国の小学校教師や技術指導員など、多種多様の職業について活躍している日本人が世界各国に多数いる。この活躍ぶりを伝えながら日本に住む両親の思いが紹介される。異国の地で自分の夢を貫こうとしている人、それを心配しながら見守っている老いた両親、私の興味はつきない。時には外国で活躍する子供に自分の姿を重ね、またあるときには両親の身になってその心中を思ってうるうるする。この番組を観ていると、世界は広いという思いと世界は狭いという感じもする。

「Ｙｏｕは何しに日本へ？」は日本にやってきた外国人を空港や街、観光地などで直撃して密着取材をするという番組である。

日本に興味や用事を抱えてやってきた外人の数日間の行動に密着して、その行動を追うというものである。異文化にすんなり溶け込む外人や、なじめずに苦労している外人の姿が面白い。全編に流れるユーモラスな外人の行動が、観ている視聴者を微笑ませる。日本を誤解していたり、見直したり、日本の魅力に取り憑かれて何度も訪ねてくる外人もいる。

似たような番組に「ワタシが日本に住む理由」がある。日本に住み続けて日本の生活に溶け込んでいる外人の生活を取材するという番組だ。大ざっぱにいえば「グッと！地球便」の裏返しの番組といえるかもしれない。観るたびに自分が外国に住んだときのことを考えながら観ている。とてもこのようには異国に溶け込めないだろうと多くの場合感心している。納豆を美味しそうに食べている外人に驚きと親近感を感じる。登場する外人の中には日本人の妻や夫と暮らしている例も多い。国際結婚の成功例といえるかもしれない。異国の人といえど、文化は違っても同じ人間であることを、今更ながら考えさせられる。日本の姑に妻の心得をたたき込まれている青い目の花嫁にほろりとさせられたこともある。

考えてみると「ポツンと一軒家」はそれほど特色のある番組ともいえないのだが、何となく興味が引き付けられるから不思議である。

航空写真で山深い森林に埋もれている一軒家を見つけ出し、番組スタッフが捜し当ててそこに住む人を取材するという番組だ。文字通りぽつんと存在している一軒家を車や足で訪ねていくという番組である。鬱蒼《うっそう》と茂った山林に囲まれてポツンと屋根だけが見える一軒家に誰が住んでいるのだろうかと確かに興味が湧く。そんな人間の疑問と興味を解消してやろうという番組である。

確かにあんな山奥に人の暮らしがあるのだろうかと誰もが考える。そして訪ねてみると、やはりそこに住む人にはそれなりの人生があり、そこに住む理由があったのである。多くは父祖の代からその家を引き継いで一軒家に暮らしている例が多い。ポツンと一軒家には一軒家としての歴史があるのである。それが観る人には楽しいのである。

「開運！何でも鑑定団」という番組も時々観る。観ればそれなりに楽しい。各家庭に埋もれている美術品、骨董品をプロの鑑定士が鑑定して値段をつけるという番組だ。

何ということもない古びた土器に数百万の値がついたり、自信満々、これこそが先祖代々の家宝と持ち込んだ掛け軸や骨董が真っ赤な偽物で数千円という値しか付かずに失望したりという、観ている自分も我が事のように興味やスリルを感じている。

まさかと思っていたものが思いがけない価格が付いて大喜びする人と、自分も一緒になって喜び、自信満々五百万円と申告したのに、三千円でがっくりする人に同情し、我が事のように悔しがったり失望したりする。他愛がないが中々楽しい番組である。鑑定士の個性でもテレビの面白味が左右されているが、おおむね満足すべき鑑定士が出演している気がする。

政局や時事問題をその道の論客が一刀両断する番組がある。BSの夜の「報道1930」と「プライムニュース」はほとんど毎晩観ている。つまらないゲストや取り上げる内容によっては野球放送にチャンネルをひねることもある。「1930」は七時半で「プライム」は八時からである。二つの番組は多くの時間帯が重なるので、取り上げるテーマが私の興味に沿うほうを選ぶことになる。キャスターは「1930」はM、プライムはSで、どちらのキャスターも満足できるキャラクターである。ゲストの学者、政治家、評論家の顔ぶれ、また論ずるテーマによって二つを比較してチャンネルを選ぶことになる。

スポーツ番組はプロ野球中継をよく観る。私は「巨人・大鵬・卵焼き」と単純無類であり、好きになり方は子供並みである。巨人は昔強いから好きだった。今は昔ほど強くはないが、惰性で贔屓《ひいき》にしている。私は長嶋、王と同世代で、雑誌記者時代、奇しくも二人の結婚を取材するという巡り合わせを体験した。面白い裏話があるがこの際割愛する。巨人ファンになったのは幼い時からで、私の子供時代のスター選手は赤バットの川上、青バットの大下であった。

他に面白い番組があると、野球は観ないこともあるから本当のファンとはいえないのかもしれない。ただ、何となくメランコリックな気持ちを抱いているとき、テレビの野球観戦によって時間を忘れていることがある。スポーツ番組にはそういうメリットがある。心の憂さをしばし軽くしてくれる。

他に時々観るのは「ＮＨＫスペシャル」など幾つかある。しかし、定期的にというわけではない。新聞の番組表や予告放映で心が動かされれば、その時間を心待ちにしている。

死と背中合わせで日を送っているとき、テレビによって一瞬、死の思いが念頭から消えている。それはテレビの効用である。もし私の晩年にテレビがなかったら、その終末はもっと違ったものになっていたかもしれない。テレビが無ければないでそれなりの時間を手に入れていただろうが、今テレビのおかげで私は小さな幸福を手に入れているのは確かである。

テレビを観ることによって、暗鬱なこと、不安なこと、淋しいこと、悲しいこと、腹立たしいことを忘れている時間が長ければ長いほど本人にとっては幸せなことだ。俗人、ミーハーの私はテレビによって救われているのは間違いない。

好きな番組を告白するなど、いささか自虐的であり、自分の低俗ぶりを世間に公開しているようなものだが、一人の老人が死を見つめつつ生きている折々に、どんな番組に喜びや慰めを得ていたか知ることも、多少の意味があるのかもしれないと考えて綴った一文である。

第四章

終着駅ひとつ手前の停車駅

死の気配と死に支度

死の気配とはいうものの、常時感じているわけではない。死の気配を日常茶飯事に感じていたら、落ち着いた生活ができるはずがない。

暮らしの中でガンの自覚症状らしきものを時々感じるときがある。そんなとき「後一年くらいの命かな？」などとふと思ったりする。

ガンを告知される前の話だが、八十歳を過ぎた頃から、時々「自分の寿命もそんなに長くはないだろうな……」などと漠然とした考えにとらわれることがあった。齢《よわい》八十歳になって、やはり死の年齢に近づいたのだと考えたのである。だが、そのような思いは瞬時のことで、常時、そんな感慨を引きずって生活していたわけではない。しかし、六十代、七十代では自分の命もそんなに長くないなどと考えたことはなかった。八十歳ともなると、やはり死を身近に考える年齢に達したための感慨であろう。

しかし、ガンの告知を受けて以後の思いは、歳をとって感じた死の気配とはまるで違う気がする。自分がガンだと判ってから感じる死の気配は今までの思いとはまるで違う。違うのは当然であろう。ガンの告知を受けた身では限りある時間を宣告されたのと同じである。以前から、人間なのだからいずれは死ぬときがくるだろうと考えていた。これは私だけではなく誰もが考えることだ。しかし、誰もが考える死の思いは単なる感慨であって、きわめて観念的である。私など老人の身でありながら、七十代辺りまでは、いずれ訪れる死は、漠として霞んでいた。

ガンと向かいあっている今は違う。今の我が身は、確実に死に近づきつつあるのだ。あるいは死に向かって私は確実に歩み寄っているのである。

しかし正直な気持ちとして、不思議なことに死の思いは深刻ではない。とにかく、今の自分は書かねばならぬ原稿を書き上げ、早く死に支度に取りかからなければならないということを考える。とはいうものの、実際のところ、死に支度といったところで大した支度があるわけではない。

私は若いとき破天荒な生き方をしていた。周囲の人たちに大きな迷惑をかけながら生きていた一時期がある。今となっては取り返しのつかない過去である。迷惑をかけた人たちには衷心《ちゅうしん》からお詫びして許していただくほかはない。つぐないといったところで、五十年も六十年も昔のことでは如何ともしがたい。そのような心残りは死出の旅路に際しては辛い悔恨であるが、今となってはどうにもならない。

拙句に《白露や汚れた過去を洗いたし》という一句があるが、今、まさにその心境である。人びとには清算しきれない過去はないのだろうか。そういう老人をうらやましいと思う。私は死に支度で清算しきれない過去があることを心から悲しむのである。

今のところ私にとって、死に支度の一番目の仕事は、死出の旅立ちに際しての挨拶文を作ることである。何人かの親しい人に別れの言葉を残して死出の旅立ちをするというのは、私の持論である。それだけが目下の私の死に支度である。

考えてみると、悲しいほどに死出の旅立ちの準備は少ない。子供も一人だけで、これといった遺言があるわけではない。八十数年の長い歳月を生きてきたのに、死ぬときはまるで生まれたときと同じように身軽だというのも切ない話である。

「生まれるのも裸、死ぬのも裸」というのは、確かに私にとって真理であり、一つの実感であるのは間違いない。もちろん金満家や著名人の死はそれなりに歩んだ人生が輝かしく顕彰されるのだろうが、私のように、名もなく貧しい無名の作家にとっては、生も死も露のごとくとはかない。そういうわけで、死に支度などもあって無きが如きものである。特別に過重な死に支度が無いということは、富も名誉も無く、加えて死の不安も無い者にとってはある意味で強みといえるのかもしれない。

身軽な終末を淋しく思いつつも、死ぬときぐらい弱き者に対して気楽な最後を与えてやろうという、せめてもの神の思し召しなのだと考えることにしている。

百歳時代の死生観

頑なにガン治療を拒否している私に、特別に手術をすすめる人がいる。私に対する愛からであろう。有難いことだが、そのような人に対して私は次のように答えている。

「私は十分に長生きをして、この世に思い残すこともありません。したがって、これ以上長生きするための手術をするつもりもありません」と答えている。

この私の答えに対して、ガン治療をすすめる人は次のように私を説得しようとする。「何をおっしゃいます。今は百歳時代なのですよ。残された人生はこれからではありませんか」と私を鼓舞し、長生きすることを激励するのである。

正直、いわれるまで、私は百歳時代であることをうっかり忘れていた。今は確かに人生百年時代なのである。

現在私が住んでいる静岡県伊東市に「百歳志塾」という老人向けカルチャースクールが開かれている。まさに、百歳時代の老いの生き方を考え、学び、語り合う、年寄りの教室である。ひょんないきさつから、私はその百歳志塾のアドバイザーをお引受けしている。いわば私は「百歳志塾」立ち上げの関係者の一人である。そのはずなのに、私自身百歳時代を生きていることをうかつなことに忘れて暮らしているのである。

人様にいわれるまでもなく、確かに今は長寿の時代である。私の物心がついた八十年くらい前は「人生五十年」といわれていた。私が物心がついたのは戦時中で、若い命を戦場に散らす人が多かったのだから、平均寿命も伸びようがなかった。しかし戦死、戦災死という背景がなくても、昔の人は平均寿命は驚くほど短命だった。

江戸時代を含めて、昔の人の寿命は四十年、五十年が普通であった。六十歳は長寿者であった。七十歳は稀なことで、古稀と呼んだ。少し前までは、まさに人生五十年は人間の一生だったのである。

何度も私は拙著の中で書いてきたが、昔四、五十代の頃、私は自分の生涯は七十年くらいだろうと漠然とであるが予測していた。ところが私の予測をはるかに裏切って、私は八十六歳という信じられない歳月を生きることになった。医学を含めた文明の恩恵によるところが多いが、私自身に備わったDNAが私のライフスタイルや健康志向によって、長寿の条件に合致したために長生きできたのだろうと考えている。

しかしながらライフスタイルといったところで、我が生涯、私は体によくないことばかりして過ごしてきた。健康志向などというのは笑止千万で、何一つ健康に配慮して生活したことはなかった。若いとき、健康食品会社の宣伝コピーを作る仕事を手がけていた時期があり、そのために多数の健康食品（サプリメント）と出会う機会があった。その折に自分で書いた宣伝文に惚れ込んで幾つかのサプリメントを愛用したことがあるが、その仕事から離れると自然に愛用も中止した。

私の知人の中には、ベジタリアンや玄米愛好者などもいて、厳格な健康管理をしている人もいた。しかし、どういうわけかその人たちは長寿というほど長生きはしなかった。それに比べて私は、酒、煙草、夜更かし、暴飲暴食の日常で、口では早死にすると呟きながら、あれよあれよと思う間もなく八十六歳の長寿を迎えた。

私は若いときに雑誌の記事を書くために長寿老人の取材をしたことがある。今、私も、昔私が取材の折に発した質問を時々質問されることがある。

「あなたの元気で長生きの秘訣は何ですか？」

ガン患者の私に元気で長生きの秘訣を質問するというのも奇妙な話だが、外見的には元気に見え、かつ八十六歳は長寿なのである。

百歳時代の八十六歳は、頂上の百歳からいえば八合目をちょっと越えた辺りだが、当人にしてみれば、よくぞここまで生きたものだというのが正直な実感である。登山に例えれば「まあ、落伍もせずによくぞここまで登ってきたものだ」という思いである。

前述したように、私に手術をすすめる理由の一つが百歳時代の今は八十六歳はまだまだ若いという理屈である。しかし考えてみれば富士登山にしたって、八合目はもはや空気も薄くなり、元気な人しか頂上は望めない高所である。人生百歳だって同じであろう。百歳まで生きられる人は生ききってみせるのも人生の在り方である。しかし、これ以上は無理だという人は七合目で登山をあきらめるのも致し方ないではないか。

私は百歳時代の八合目まで登り切った。しかし今は、これ以上登るのはとても無理な感じがする。ガンと道連れでは尚のこと無理な話だ。そのガンを切り取って身軽になって登れと人はいうが、体にメスを入れた身では、たとえガンという道連れとおさらばしたところでとても頂上までたどり着くのは客観的に考えても実現不可能な話だ。

ガンを抱えて人生登山の意欲を失っている老人に、ガンをかなぐり捨てて頂上をめざせというのは、励ましにしても酷な話である。

人生百年時代といえど百年という頂上にたどり着けない人もいるのは当然のことだ。それに、頂上まで登るのはご免こうむりたいという人もいるかもしれない。私は中学時代、岩手県の姫神山という山に登頂して、すっかり疲れ果てて、以後登山が嫌いになったいきさつがある。生来、楽して生きたいという怠け者である私が、人生登山の八合目まで登り詰めたというのは、我ながら感心しているのである。

八合目まで登ることができたのは、努力したわけでも健康に配慮したわけでもない。全くの成り行きである。しかし、この歳になってガンという荷物を背負わされた。私は死ぬまでガンを道連れにしようと考えているのに、ガンを手術で切り捨てて頂上まで登れという人もいる。その理由が現代は百歳時代なのだから、八十六歳で死ぬのは早すぎるというのだ。励ましは有難いが、この考え方に私は承服しかねている。

人生と登山は確かに似ている面がある。辛い山坂を登るにつれて目の前に開けてくる風景が変化する。低いところから見る風景より、高みに登って見る風景のほうが絶景であり感動も大きい。五合目では見えなかった風景が八合目では見えてくるのだ。

私は百歳時代の八合目までたどり着いたために、思いがけない風景に出会っている。そのことも私にとって確かに貴重な体験である。人生の八合目には八合目でしか見ることのできない風景がある。これからさらに上に登ればまた違った風景に接することもできるのかもしれない。しかし私は、そのために苦労して登山を続けるつもりはない。

努力を苦と思わない人は頂上を目ざしたらいい。登り続ける体力と生命力のある人は百歳という頂上を目ざすがいい。

実際に私は、現在の私の立場を感謝の心で喜びを込めて有難いことだと思っている。世の中にはせっかくこの世に生を受けたのに、自殺をしたり、病死したり、事故死をして人生登山の三合目、五合目で頂上にたどり着けない人がたくさんいる。

ひとたび生を受けたら、頂上を目ざすべく努力するのが人間の道である。人間は誕生した瞬間から否応なく、人生登山の登山口に立たされるのである。どうせのことなら頂上を目ざすのが登山者に課せられた目的だ。

私などそちこちで、転んだり、滑り落ちたり、酸素不足でぱくぱくしながらも、気がついてみたら立派に八合目にたどり着いていたのだ。こんな有難いことはない。

神様は私のそんな姿をみていて、もう登る必要がないと判断されたのだ。

「お前にガンという荷物を与えるによって、もうこれ以上頂上を目ざす必要はない。ガンとともにこの登山道から消えてしまえ」

こんな御託宣が私に下されたのだ。それなのに、ガンを切り捨てて百歳という頂上を目ざせという叱声は、神の心をないがしろにするものだとしか思えない。

私が八十六歳まで生き長らえたのは、神様がうっかり死亡順位のつけ間違えをしたためだと考えている。

私は何人もの早世の人を見てきた。こんな立派な人が早死にするなんて、神も仏もないのかと恨んだこともある。長生きしてもこの世にあまり役に立たない私が神の死亡順位のつけ間違えのために今まで生きてこられたのだ。しかし今、神もその間違いに気づいて、私に死の道筋をつけてくださったのだ。私は謹んで御託宣を受けることにする。仮に手術が成功しても、それから後、とても百歳という頂上までは登る元気が私にはない。

死ぬのが怖くない憶病な私

私は大変な臆病者である。これは謙遜でも卑下でもない。私は正真正銘の臆病者であることを自覚している。間もなく死んでゆく身なのに、何もここで我が身をおとしめることを告白しなくてもいいのだが、死を恐れぬ豪胆な男と誤解されたのでは、これまた私の本意ではない。

私は東北出身だが、昔は東北の家屋ではトイレは外にあった。子供の頃、そのトイレに行くのが怖かった。母や祖母に泣きついてトイレについてきてもらった。明治生まれの祖母に「この臆病者、それでも男か」と叱責された。母は悲しそうに「何が怖いの？　そんなことで一人前に育つのかしら」といった。五、六歳のころの記憶だから、祖母や母の言葉は正確ではないかもしれない。そのような意味のことをいわれたと記憶しているだけのことだ。祖母も母も、私の臆病をなじる言葉に嘆きのようなものが含まれていたことは、幼い私の心に刻まれている。私の臆病は祖母や母にとって嘆きの種だったのであろう。

父との死別は私が物心がつく前で、働きに出ていた母に代わって私は祖母に育てられた。「年寄りっ子は三文安」といわれているが、明治生まれの祖母はそのことを気にしていてことさら厳しくしつけられた。そんな祖母はトイレにさえ一人で行けない臆病な私を嘆かずにはいられなかったのだ。母は母で、こんな臆病な息子は将来、まともに世渡りができるか気がかりだったに違いない。

どういうわけか、私は幼い頃から真っ暗な所で寝たことがない。ところが親戚宅に泊まりにいったとき、夜中に目が覚めると真っ暗だった。私は自分が失明したのではないかと思って狼狽し、恐怖のあまり大声をあげた。当然ながら側に寝ている従兄弟《いとこ》たちから罵声を浴びた。そのうちに目が暗闇に慣れてきて、ぼんやりと周囲が見渡せるようになって、失明していないことを知って恐怖はおさまった。しかし、その夜はまんじりともせずに雨戸の節穴からかすかにもれてくる光だけを見つめていた。もし、その光がなかったら、私は失明の恐怖で眠れなかったのだ。あのときの恐怖は今でも思い出す。救いがたい臆病者だったとしかいいようがない。

そのくせ、後年、少年航空兵に憧れた。その私の無謀な夢は間もなく訪れた敗戦によって儚《はかな》く散った。それから三十年後、取材で鹿児島県の特攻基地知覧を訪ねた。死ぬために出撃する若き少年航空兵が、両親や兄弟に死の旅立ちの遺書を残して知覧基地を飛び立った。私はその遺影や遺書の前に立ちつくした。私の背中には冷たい汗が流れるのを感じた。もし私が数年早く生まれていて航空兵に採用されていたら、私もこの中の一人になっていたかもしれないと感じると、言い知れぬ恐怖に震えてくるのを覚えた。

特攻兵の中に死の恐怖から任務を果たさず帰還した人もいた。恐らくその若き航空兵は当時、日本中から卑怯者と爪弾きにされ、肩身の狭い生涯を送ったはずだ。私も身につまされる。臆病者であった私も死の直前に死に切れず帰還したかもしれない。あるいは見栄っぱりの私は、非国民という屈辱に耐えるのも恐怖で、逡巡《しゅんじゅん》、苦悩の果てに中途半端に自滅したかもしれない。悲しき追想である。

これも惨めな思い出だが、学生運動で警官隊と衝突し、機動隊と睨《にら》みあったことがある。睨みあったといえば聞こえはいいが、恐怖で足が震え身がすくむのを感じた。身の程知らずで、臆病のくせに警察に立ち向かったのだが、恐怖に身がすくみ体の震えが止まらなかった。懲りもせず何度も同じような局面に遭遇した。幸いに逮捕されたことはなかったが、そのたびに自分の不甲斐なさを痛感した。

学生運動のみならず、それから以後も、何度も自分が臆病であることを嫌でも認めざるを得ないことに何度も出会って、その都度言葉にいい表せない自己嫌悪を覚えた。

三十年くらい前に健康診断の潜血検査で陽性となり、ガンの疑いがあると告げられた。そのとき医師に精密検査を受けるようにいわれたが、恐怖のあまり精密検査を受けずに酒浸りの毎日を送った。十年経ち、二十年経ってガンの恐怖からやっと解放された。

これ以上、本書で自分が臆病であることを言い募《つの》ってみても仕方がない。私はまれに見る臆病者なのである。

それなのに今年の一月（令和三年）にガンの告知を受けたときは自分で驚くほど冷静だった。その二、三ヵ月前からガンの疑いを持って暮らしていたので、自然に覚悟らしいものができていたのかもしれない。それに加えて八十歳過ぎた辺りから「ずいぶん長生きしたな。こんなに長生きするとは思わなかった。いつ死んでも悔いはないな……」という思いを折にふれて噛み締めていた。

このような感慨を常時持っていたことも、いつの間にか、ガンという死病に冷静に向かいあう心構えができていたのかもしれない。また若いときの一時期、ガン患者の取材を続けていたことがあり、ガンという病に対して恐怖感が少なかったということもあったかもしれない。

ガン患者が国民の二人に一人といわれるようになってから、私はガンは老化現象であると考えるようになっていた。このような幾つかの理由から、私の中にガンを特別視する気持ちはなくなっていた。

臆病者も歳を重ねるうちに臆病でなくなったという気もする。そうはいっても、やはり三つ子の魂百までで、私は小心者で臆病という性質なのだろうと思う。それなのに、若いときに破滅的破天荒な一時期を持ったのは臆病な自分への反乱だったのであろう。喧嘩や暴力沙汰でひんしゅく買ったり、仕事の都合でわいせつ文書を執筆したりして警察の取り調べを受けたりしたが、このときだって必死に恐怖に耐えていた。私がそれ以上の大罪を犯さなかったのは、ひとえに憶病だったことも理由のような気がする。結果的に、臆病ゆえに大きく人生を誤らなかったのかもしれない。

確かに人間は年齢を重ねていくたびに度胸らしきものがついてくるのは当然である。小学校に上がる頃には暗いトイレにも一人で行けるようになった。今はお巡りさんとにらみあうような状況に置かれることもないだろうが、もし、そういう場面に立たされても、昔のように震えたり膝ががくがくすることもないだろう。覚悟の上で仕出かしたことなら少しは毅然《きぜん》とできるような気がする。

しかし、死に対する恐怖感は本能的なものであり、年齢に関わりないだろうが、観念的に死に対しての考えを深めることはできる。死に対しての考えが深まれば死の恐怖感が薄れてくるのは確かである。昔の武士は物心がついてから､観念的に「死」に対しての向かいあい方を鍛えられていた。死を恐れる本能に打ち勝つ思想を身に付けさせられた。

私の場合もそれに近いかもしれない。同時に八十歳を過ぎてから、あらゆることに度胸がついてきた気がする。馬齢を重ねて世間知が身に付いたためであろう。身辺に起こる現象にある程度予測ができるようになったことも度胸のついた理由の一つだ。

八十歳を過ぎるとやはり、死に向かいあって生きることが多くなってくる。死が身近な存在になってくるわけだ。そうなると、死を恐れてばかりはいられない。いかに死んだらいいか考えるようになる。いつの間にか死は恐ろしいものではなく、人間の運命の終着駅だと考えるようになった。

死に向かって走っている汽車に乗っているのに、終着駅を恐れていたのでは人生の旅人の資格がない。早く到着することを心待ちにすることもないが、間もなく終着駅だと告げられてあわてふためくこともない。人生の旅人は再び同じ場所に帰るわけにはいかない。考えてみれば、人間はみんな同じ線路を走っているのだ。私の列車がみんなより一足先に終着駅に着くというだけの話である。

妻も娘も、知人隣人も、そして読者諸兄姉も、私が走った線路の上を人生列車に乗って走っている旅人なのだ。私の場合、単に到着時刻が皆さんより少し早いというだけのことである。うがっていえば私の場合、「老人ガン死駅」という終着駅にひと足お先にたどり着くというだけのことである。そのことを実感として受け止めている私が、例え生来の臆病者といったところで死を恐ろしいと思って狼狽《うろた》えることもないわけである。

縁・不思議な生涯

八十歳過ぎて何を今さらという気がしないでもないが、人生というのは「縁」によって織り成されていることを痛感させられる。

何人たりとも縁から自由ではありえない。誰でも人生の始めから終わりまで「縁」の連続で生かされてきた。一人の人間が人生をどのように生きたかということは、結局のところどのような縁に繋がれてきたのかということにほかならない。

縁には自分の力ではどうにもならないものと、自分の意思が関わって作り出す縁と二つがある。

例えば私がこの世に生を受けたということは自分の意思に関わりはない。私が、日本の岩手県に生を受けたのは、父と母の縁によるもので、私が日本の東北の片田舎に生を受けたいと願ったわけではない。私が日本という国の東北に生を受けたことには私の意思は関わっていない。

しかし私はこの縁に満足している。故郷が岩手県というのも満足だ。そして心から日本に生まれて良かったとも思う。圧政、暴政の独裁国家に生まれなかったことを喜んでいる。私の出生の縁は恵まれていたことになる。

私が岩手で高校一年まで過ごし、高校の二年から東京の高校に転校した。私が上京したのは諸般の事情、主として母が結核で長期入院を余儀なくされたことが大きな理由である。

しかし、そのとき私が上京を望まなかったら、上京をしなくてもすんだかもしれない。半ば自分の意思で私は上京の道を選んだのである。東京に住むことになった「縁」には私の意思が関わっている。自分で紡いだ縁によって、私はその後の人生を生きることになった。

上京しなければ、今の私の人生は大きく変わっていたかもしれない。故郷で学び、故郷で職を得て、故郷で老いれば、それなりの人生を歩んだと思う。しかし、それが結果的に一番いい方法であったかというとそれは判らない。その結果は神様にしか判らない。人生は巻き戻して見直すことはできない。

母は長期入院から退院して故郷で私と暮らすことを夢見ていた。私は親不孝の連続で、母の思惑を察していながら、それを無視して自分の意思で勝手な人生を歩み続けていた。前述のように上京という一つの人生の転機に私の意思が関わっている。それから以後も、至る所で、自分の意思で自分の人生航路の進路を決めている。良いも悪いも自分で決めた進路である。

引き返したり、やり直したりする機会もあったのだが、私は目の前に現れる「縁」にすがりつつ、自分の思うがままに生きてきた。もちろん、どの道を歩んだほうが良かったかなどということは誰にも判らない。

破天荒、無謀、浅慮の半生なのに、結果的に大きな過ちも犯さずに生き長らえたのは私の「縁」のつかみかたが幸運だったためであろうと考えている。

「運」と「縁」ということを身にしみて考える。そのたびに、自分が体験した二つのエピソードが思い浮かぶ。この話は、講演や拙著の中で何度も話していることなので「あいつ、また話している」と眉をひそめる向きがあるかもしれない。お許しいただくことにする。

一つは、二つの履歴書の話である。

知人の老父から娘二人の履歴書二通を預かった。適齢期をやや過ぎたといえる二人の娘の縁談相手をさがしてくれと依頼されたのである。姉と妹の年齢は三つ違いでどちらの容姿も遜色がなく経歴も同等であった。

順序として私は姉の方から先に話を進めようと思った。自宅玄関の飾り棚の上に、いつも二通の封筒を置いておき、それらしき相手と会うときは内ポケットに姉の封筒を入れて出かけた。しばらくして、ある人が花嫁をさがしているという情報に接した。私はその人と会う日に早速姉の履歴書を持参した。

仕事の話が終わって、私はおもむろに内ポケットから花嫁候補の履歴書を取り出した。相手も友人から依頼されていて、履歴書の交換ということになった。私が渡した履歴書は姉の方とばかり思っていたが、その履歴書は妹の履歴書であった。

私は「しまった!」と思ったが相手は履歴書に目を通すと、深くうなずいて満足気に微笑んだ。

「結構なお相手ですな。これを相手に渡しておきましょう」といった。

私としては「履歴書を間違えました」というわけにもいかなかった。それに、父親としてはどちらが先に決まってもいいわけで、特別に「姉のほうからお願いします」と頼まれたわけではない。

結果は、妹はお見合いでめでたく結ばれた。披露宴に招かれた私は、家族の席に座っている姉の姿に心の中で詫びた。

確かに縁とは不思議である。その後の風の便りでは妹は幸せな家庭を築いているという。しかし、もし妹が嫁いだ相手が夫として不適当な男で、離婚ということになったり、一生苦労しなければならない相手であったら、私が履歴書を間違えたことはとんでもない誤算であり、運命を狂わせてしまったことになる。結果として良い男、良い夫であったことが、幸いな「縁」となったわけである。

もしそのとき、姉の履歴書を持っていったら姉も妹のように幸せな結婚ができただろうか。そうかもしれないし、そうでないかもしれない。あるいは見合いの段階で結ばれなかったかもしれない。その結果は誰にも予測できない。

縁というものは、出会ってみなければ良縁か悪縁か判ったものではない。二股道の右か左で縁が決まることがある。人生には予測できない縁が横たわっていて、私たちはどう転ぶか判らない縁を道連れに生きてきたのである。

もう一つの話がある。これは他人様の話ではない。私自身の話である。ある定期会合に出かけるのに私は毎回同じ道を選んで歩いていた。一つの道は賑やかな商店街を抜けていく道で少し近道だった。その日に限って私は静かな住宅街の道を抜けて目的地に行こうと思った。そう思った心理状態はまったく記憶していない。重大な理由など無く、恐らく単なる気まぐれだったに違いない。

その気まぐれで私は妻と出会ったのである。それまでは単なる知人で、会えば目礼を交わすという程度の関係だったのに、思いがけない場所で偶然に出会ったことで、縁が生まれたのだ。結果として二人は結婚することになった。あのときあの道を通らずにいつもの道を通っていたら私は妻と結ばれることはなかった。思いがけない場所で妻と出会ったために妻の一生は狂ってしまったのだ。

妻は私などと出会わずに別な誰かと結婚をすれば、幸せな生涯を送れたのではないかと考えることがある。あの日あの時、妻は己の意思に関わりなく、予想もしていなかった男と出会って人生を踏み外したのである。妻は私という一つの縁に遭遇したために人生が激変したのである。私と出会わなければ、妻は安穏な人生を送ったかもしれない。

しかし、逆にこうも考えることができる。妻は私以外の男と出会って幸せをつかんだと思った矢先、夫が思いがけない病で急逝したかもしれない。その後シングルマザーで妻は人生の辛酸をなめたかもしれない。結果は判らない。それもこれも結果論で、仮定の話は全く予測がつかない。未亡人になった妻は、案外、再婚相手が見つかり、その相手は金満家で裕福な生涯を送れたかもしれない。縁は異なもの味なものというが、縁の結果は神様以外不明である。

妻は私と何度も離婚を考えながら、さまざまな事情で離婚には至らなかった。これも縁《えにし》の不思議である。気がついてみれば私たち夫婦は、いつの間にか終着駅まで旅を続けてしまった。これは私たち夫婦だけの話ではなく、このような例は他のご夫婦にもあるだろうと思う。

今さらながら縁とは不思議なものである。

読者諸兄姉も不思議な「縁《えにし》」の糸に手繰られて、これまでの人生を歩んできたのだ。現在どんな境涯であろうと、今さら反省しても後悔しても始まらない。それもこれも縁の仕業だ。

極論すれば、愚にもつかないよしなしごとを書きしるした拙著を手にしたのも縁の一つかもしれない。されど拙著によって人生に変化が起きるとは考えられない。しみじみと縁《えにし》の不思議に思いを馳せて、残りの余生を大事に生きようではないか。

何が楽しみで生きているの？

若いとき、老い極まった年寄りを見て「何を楽しみに生きているのだろうか？」と思ったものである。

公園のベンチに座って一点を凝視したまま、身動きもしないでいる老人の姿に深い孤独と悲哀の影を感じた。こういう姿を見ていると、あの年寄りは何を楽しみに生きているのだろうかと感じたものである。

薄暗い部屋に身を置いて、何時間も座り込んでいる孤独な老人の姿を目にすることがある。テレビに視線を向けたまま、笑うでもなく泣くでもなく、表情を変えない老人の姿。そんな老人の姿を見て、若いときに感じた思いは「老人は何を考え何を楽しみに生きているのだろうか？」ということだった。私は今、あのときの老人と同じ歳になった。まさに老いの真っ只中にいることになる。

私は仕事が文章屋であり、文章を作る仕事はそれほど体力が必要という仕事ではない。おかげでこの歳になるまで仕事を続けている。私の場合、今のところ毎日を無為に暮らしているわけではない。しかし、私の仕事が大工職人やサラリーマンということなら、すでにリタイアして無為な老人の日々を生きていたに違いない。私は本来的には怠惰であり、余計なことはしたくないという悪しき性癖を持っているので、毎日を無為にのんべだらりと日を送っているに違いない。

現在、同年輩の友人知人を見ていると、私が若いときに目にした老人たちとは若干違う気がする。各人、それぞれ老人としての生きる日課をきちんと持っているように見受けられる。感心なことだと思っている。

私が時々顔を合わせる老人たちというのは、俳句会、カルチャースクール、アスレチックジム、カラオケ、マージャン、飲み会などであるから、それなりに暮らしに積極的にチャレンジしている老人たちである。私は参加していないが、絵画の同好会、ギタークラブ、健康体操、ゴルフ、ゲートボール、介護予防の研究会、太極拳、卓球クラブ、読書会、聖書研究会などに参加している人もいる。ざっと眺めてみると高校のクラブ活動と遜色がないほどである。あるいはこのような現象は特別かもしれないともいえる。私の周囲の老人たちは環境的に恵まれている人たちなのかもしれない。

やはり時代の進化とともに、老人の生き方も楽しみ方も大きく進歩したのであろう。私の子供のころにはカラオケなどというものはなかった。恵まれた年寄りは浪花節を蓄音機で聞いて無聊《ぶりょう》を慰めていた。当然ながら、数十年も昔、年寄り向けカルチャースクールが開講している話など聞いたことがなかった。昔はゴルフは裕福な人の特別な遊びだった。昔の年寄りは孫の世話か、せいぜいでも近所同士の年寄りが集まって、お茶飲み話で嫁の悪口を語り合って溜飲を下げるぐらいのものであった。そして、それすらかなわない老人たちは、やはり孤独で暗鬱な晩年を送ったのである。

現在でも無為に日を送っている老人たちはたくさんいる。このような年寄りは何を楽しみに生きているのだろうかと、現代の若者たちの目には映っているかもしれない。年寄りの孤独で無為の生活は、時代が変わっても青年にとっては理解の外なのであろう。

しかし、時代は変わっても、どんな年寄りにも生きる小さな喜びというものがある。

傍目《はため》にはばかばかしいような喜びかもしれない。しかし、それは当然のことだ。年寄りには遠い未来を夢見て生きるということなどあろうはずがない。もしあるとすれば幼い孫が嫁ぐ日まで生きていたいといった小さな願いである。嫁ぐ日どころか、小学校に入学するまで生きていたいという願いにすがっている老人もいるかもしれない。

もっと小さな願いにすがっている場合もある。薔薇の種を蒔いて薔薇の花咲く日まで生きていたいと考えて今日を生きている老人もいる。

当然のことながら、若者の壮大な夢を年寄りが持てるはずがない。老人は理想にも出世にも名声にも栄耀栄華にも無縁の存在である。恋も革命もすでに見果てぬ夢となってしまった。老人に残されたのは遠い日の追憶だけである。昔、私が公園のベンチに座っている孤独な老人の姿に人生の悲哀を感じたが、実はあの老人はあの時溢れるばかりの豊饒《ほうじょう》な追憶と遊んでいたのかもしれない。

人間はどんな境遇に置かれても生きるよすがを求めるものである。昔、死刑囚が独房で小鳥を飼っていたことをテレビで観た気がする。そのようなことが拘置所で許されるのかどうか知らないが、死刑執行の日、小鳥を籠から出して逃がしてやる死刑囚の心情に感動したのを覚えている。

老人もまた死刑囚のようなものである。いつ死が訪れるか判らない。それでも今日を生きるために小さな楽しみを求めているのである。

青年諸君よ、孤独で救いがたい老人を見ても決して見当はずれの同情を抱かないでいただきたい。よぼよぼの姿をしていても、彼は生きる小さな活力を胸に秘めているかもしれないのである。

無為と放心の愉悦

ガンを告知されてから日常的に死と向かいあっている。死についての思索に明け暮れているといっていいかもしれない。しかし、ある日ある時、気がついてみると何も考えないひと時を持っていることがある。

茫然として空の雲を見つめていたり、風が樹木の梢《こずえ》を揺らすのを何の意思も持たずに眺めていることがある。当然ながら自分が放心していることに気がつかずにただ無為の時間に身を置いているのである。

時間にしたら数分間という短い時間に違いない。自分が放心していたことに気がついて、その時間が自分にとって心地好い時間だったことに改めて気づかされるのである。人間、何も考えない空白の時間は確かに大切である。

仏教に座禅という修行法がある。私は座禅について常識的にしか知らない。根本的には違うのだろうが座禅はヨガの瞑想などに似ている気がする。

座禅の目的は無念無想の境地を求めるのである。私も何度か経験したが、とても無念無想になれるものではない。雑念が次々に湧いてくる。ところが、ほんの一瞬だがその境地に近い感覚を持つことがある。すると凡人は、その時眠りに一瞬引き込まれる。そこで警策という棒で背後からぴしゃりと叩かれて現実に引き戻される。

この瞑想と眠りの境界が無念夢想の状態だったのではないかと私は勝手に解釈している。無念無想の状態はまことに心地好い。これが生活の中でまれに体験する放心に近い状態ではなかったのか？　などと勝手なことを考えている。この考え方は座禅の専門家にいわせれば間違っているのだろうが、私自身の放心の愉悦は、座禅の無念無想の境地に非常に近いのではないかと考えるわけである。

無念夢想なのだから、浮世の惑いや雑念も心から取り払われる。喜びも悲しみも一瞬消え失せるのである。

昔、白隠禅師の書物を読んでいるときに「真の悟りは死んだように生きることだ」というような言葉に接して感心した。死んだように生きるということは、放心、無念無想に近い状態を指すのではないかと勝手に解釈している。

無念無想というのは非常に希有《けう》な心理状態で、通常はなかなか体験することはできない。まれに偶然に私が体験するような何も考えない状態に置かれる一瞬がある。喜怒哀楽の感情を超越した心理的に無の状態である。その状態が放心状態に近いということだ。

絶えず死と対話をくり返しているときに突然訪れる放心の一時《ひととき》は、何物にも変え難い貴重な時間のように思えるのだ。小鳥の囀《さえず》りも風のそよぎも、全てが意識の外にある。この空白の一瞬が貴重なのである。その状態は愉悦といっていい気がする。

独りでコーヒーを飲んだり、ぽつねんと酒杯を手にしているときなどは、これに近い状態になることがある。孤独を愛するということは、無念無想を求める心理状態なのかもしれない。俗に「ボケーッ」としていたい心境である。

ある日ある時、いろいろな思索から解き放たれて、何も考えないような状態に自分を置きたくなるのである。コーヒーを飲んで、酒を呑んで、ただ独りの時間を浪費するのである。しかし、その状態ためには心痛があってはならない。深い悩みがあったのでは放心状態も孤独なひと時を持つのも難しい。

私が放心のひと時を持てるということは、死との対話に対して恐怖も不安も感じていないということである。食事をするように、居眠りするように死は私にとって身近な存在なのである。

この世から消えてしまうことには一抹の淋しさを感じる。それは、役者が千秋楽を迎えるときに感じる淋しさと似た心境である。確かにうがっていえば、この世から姿を消すということは、人生劇場の千秋楽を迎えたということでもある。淋しいのは当然である。

ただ役者と決定的に違うのは、人生劇場の登場者は一度フィナーレを迎えたら、再び舞台に立つことはできないということだ。人生劇場にはアンコールはないのである。

終末へのステップ

若い頃に自殺を考えたことがある。

確か、青春の挫折と呼んでもいい事件に遭遇したことが理由だったが、本当のところは情緒的、感傷的な青臭い悩みを持て余してのことだったと思う。その証拠に夢遊病者のように彷徨《ほうこう》しているときに、偶然に従兄弟《いとこ》と出会ってかつ丼をご馳走になると、憑きものが落ちるように自殺願望が消え失せた。苦悩で空腹が増幅していたのであろう。その後の人生で何度か絶望を味わったが、自殺を考えたことがない。若い日に自殺を考えたことが心の中に抗体を作ったのかもしれない。私はあの日、自殺落伍者になったことで、心の中に不逞《ふてい》の思いを潜ませることになった。

私は《自殺なんていつでもできる。絶望したときの安全弁として自殺を取って置こう》と考えたのである。その後の人生で何度か直面した絶望は、安全弁を開くほどには追い詰められていなかったのであろう。ふと死にたいと思うことがあっても、自殺をしなければならないほどに深刻な思いに突き落とされたことはない。

働き盛りの頃に死について考えたことはなかった気がする。相当に追い詰められたことがあったが、死ぬことを考えたという記憶がない。

六十歳を迎えた頃も意気軒昂で、野心こそなくなっていたが、酒と放蕩で気の向くままに生きていたということしか思い浮かばない。

その頃、私は自分の寿命は七十歳くらいではないかと漠然と考えていた。酒、煙草、暴飲暴食、夜更かし、徹夜という日常で、常識的に考えても長寿など望める生活態度ではなかった。

私の人生観は不真面目で、太く短く生きることだった。短命を覚悟の生き方だった。それなのに、漠然と考えていた自分の終末の七十歳という壁をいつの間にか越えてしまった。しかし、そのことで特別驚いた記憶はないが、我が身はいつの間にか高齢化社会の一員になってしまったのかと考えたように思う。

確かに、後期高齢者の烙印を押されたときは多少信じられない思いはあった。後期高齢者になった頃は私の素行はおさまっていたが、酒は相変わらず呑んでいた。徹夜麻雀の相手はみんなリタイアしていたし、夜更けの盛り場をハシゴ酒でさ迷い歩くということもなくなっていた。後期高齢者になって、やっと人並みな生き方になったというのもお笑いだが、素行がおさまったために長寿が約束されたということもなかったと思う。

妻から老人ホームへの入居の件を提案されたときは少なからず戸惑ったが、妻の腰痛が悪化していて家事を行うのが大変だという理由には従わざるを得なかった。家事はおろか家庭の雑事全般を妻に押しつけていたのだから、妻の言い分はもっともであった。

その時、私の脳裏をよぎったのは、あと何年生きられるかもわからないのに老人ホームか？という思いだった。実際はあと何年も生きられないからこそ老人ホームに入るのだが、気持ちとしては、間もなく死んでゆく身なのに、高額な入居金を払うことに割り切れない思いがしたのだ。

しかし、考えてみれば、入居金を工面したのは妻であり、私は余分な金銭は酒と放蕩に費やしていて、今更、入居金をもったいないといえた義理はない。妻の願いを入れて老人ホームに入居したのは私が七十七歳の時だった。そのときの私の正直な気持ちとしては、後五年間は生きられるだろうかという思いだった。

この感想を入居の際に施設の窓口の職員に告げると、「ここに入られるとき、皆様がそうおっしゃいます」と答えて笑った。やはり皆は、同じような感慨を抱いて入居してくるのであろう。皆はどの程度の本心か知らないが、私の場合はその時、大真面目に自分の終末は五年間ぐらい先であろうと考えていた。

私は自分の余命に対して、六十歳で七十歳辺りと考え、七十五歳で長寿を実感し、七十七歳で残る命を五年くらいと考えていたのである。

老人ホーム入居一年目で脳出血を体験した。このときもそんなにあわてなかった。来るものが来たという感じだった。自分の余命の予感が的中した気がした。しかし、処置が早かったために後遺症も残らず半月ほどで退院した。退院後、二ヵ月ほどで右半身の不自由さは完全に消滅した。

退院後、文字がうまく書けなかったがワープロを使うのにはそれほど不便な思いはしなかった。やがて、文字も以前のように書けるようになった。脳出血の肉体的後遺症は完全になくなった。

その翌年、蜂窩織炎《ほうかしきえん》という難病にかかった。一種の皮膚炎で、高熱を発し足が腫れ上がり、苦しい体験をしたが、このときは自分の死と結びつけては考えなかった。さらに三年後に帯状疱疹《たいじょうほうしん》を経験したが、このときも死について考えなかった。

蜂窩織炎にしろ帯状疱疹にしろ悪化すれば死に至ることもあるのだろうが、不思議にもこの病気で自分が死ぬとは考えなかった。私は、こんな病気で死ぬはずがないと心のどこかで考えていたのである。

老人ホームに入るときに大真面目に五年間生きられれば本望と考えていたのに、いつの間にか入居して九年の歳月が流れようとしている。人間が漠然と考える死の予感というのはあまり当てにならないのかもしれない。

ところが平成三年一月にガンの告知を受けた。これは必ず死と結びついている病気である。否が応でも死と向かいあわなければならない。死の予感は現実味を帯びてくる。

ガン告知を深刻に受け止める人が多いが、八十六歳の我が身では深刻に受け止めようがなかった。六十代で七十歳まで生きられればいいと考え、七十七歳では後五年の命と考えていたのに、気がつけば八十六歳である。それなのにガン告知で狼狽《うろた》えるというのは理屈に合わない気がする。

人間は確実に死へ向かって歩み続けている。八十代半ばでのガン告知は、まさに人生のひと区切りを示されているようなものだ。五年前、「東京オリンピックまで生きられるかな？」と心の隅で考えていた。ところが生きられたのである。予感をクリアしたのである。しかし次のパリオリンピックまでは絶対に生きられない。これは確実な予感である。

人間はこのようにして誰もが死に向かって歩んでいくのである。私には終末のゴールが見えてきた。ゴールは見えないより見えるほうが落ち着くのではないか。

私のガンに対して「手術！」「手術！」と叫ぶ人は、私の死の予感を混迷させようとしているのか。それとも人間というのは長く生きれば生きるほど価値ある人生だと考えているのだろうか。

今、令和三年八月である。来年の桜は観られる予感がするが、再来年の桜は自信がない。私に手術を勧める心優しい人たちは、私に再来年の桜を観て死ねといってくださっているのだろうか？　そのためにガンと闘えというのだろうか？

好意は身にしみるが、私にとってちょっぴり複雑な思いもするのである。

終着駅一つ手前の停車駅

この原稿のタイトルを「死期迫る」と考えていたが、それでは少し生々しすぎると思って表題を変更した。しかし、実際に冷静に考えて私の死期は迫っているのであろう。

私は令和三年七月末から八月十二日まで半月ほど入院していた。入院の直接的原因は大腸に入れているステント（細い管）に食べ物が詰まって、腸閉塞に似た症状が出たためである。似た症状というより、腸閉塞そのものだったと思う。腹痛と嘔吐に二日ほど苦しんだ挙句の入院である。

入院した翌日、ステントを広げ新しいステントを挿入して一応治療が終わったのだが、高熱が出たり、肺の機能が著しく悪化しているというので、点滴、人工呼吸器、吸入などの治療を受けた。原因不明の高熱や微熱が続いたりした。いつの間にか入院は半月になってしまった。

私自身、若いときへビースモーカーで、気管支喘息を患った経緯がある。薬のお陰で発作は四十年近く起きていないが、四十年前に医師から、「歳をとると酸素を持ち歩くようになるかもしれませんね」といわれた。そんなに長生きをするつもりはなかったので、医師の言葉は聞き流していた。

そんなわけで、私の「酸素飽和度」はもともと90前後で、その後関わった医師たちから「苦しくありませんか？」と何度も質問を受けた。正直な気持ち、苦しいと思ったことは一度もなかった。私は90前後の酸素飽和度で旅行したり、酒を呑み歩いていたわけである。喘息が発症した頃、少し急いで歩いたりすると息切れがひどかったが、それもやがて自覚することも少なくなった。酸素に関係のない病気で入院しても、ほとんどの病院でも人工呼吸器をつけられた。

コロナの患者の症状についてだが、酸素飽和度が90を目安に自宅待機から入院の目安になるという。私などコロナに感染しなくても酸素飽和度は異常なわけだ。それでも特別苦しいと思ったことはない。酸素の少ない山岳高地の住民は酸素の少ないことに馴れて、通常の暮らしを続けているところをみると、酸素欠乏に肉体が順応するのだろうか？　私が酸素飽和度90で特別苦しく感じないのは、そのためかなと考えたりする。

入院したある日の深夜、酸素飽和度が90を大きく下回ったとき、担当の看護師が宿直の医師を呼んだ。私が危険な状態に陥ったと考えたのだろう。

あまり記憶していないが、酸素マスクなどの応急処置が施されて間もなく酸素飽和度が90以上に回復した。

回復した後、若い医師から「延命治療の是非について自らの意見を記入するエンディングノートのようなものがあるのはご存じですか?」と訊かれた。

「私はそのことについて今原稿を執筆している物書きです」と答えるわけにもいかない。「大いに関心があります」とだけ答えた。

医師はそれ以上、そのことに言及しなかったが、その時《予想以上に私の死期は迫っているのかもしれないな》と思った。医師がやがて延命治療を施さなければならないほどに私の病状は悪かったのかと考えた。

《しかし、ここで今死ぬのは困るな》

私の脳裏をそんな思いが走った。

本書の原稿の締切りを私の中では八月と決めていた。何が何でも死ぬ前に書き上げなければならない。《今、ここで死ぬのは困る》そんな思いが脳裏にちらちらと浮かぶが、それもこれも神の思し召しである。実際のところ自然の掟に対して人間の意思など無力である。何はともあれ、この二、三日中に死ぬこともあるまいと私は考えて、気持ちを落ち着かせた。

何日かすると、退院に向けてのリハビリが始まった。

リハビリが始まったとき《とにかく、今ここで死ぬのは免れたらしい》と私は胸をなでおろした。考えてみると、いずれ遠からず死が訪れるガン患者の身として、死期についてあれこれと考えるというのも不思議なことではある。原稿執筆というようなやり残した仕事がなければ死期の到来にそれほど悩むこともない。私が死期についてあれこれ思い巡らすのも定めである。

半月経って退院した。

入院中に東京オリンピックが開催された。日常生活ができない入院患者であるから、仕方なくベッドでオリンピックばかり観ていた。ほとんどベッドに横たわっていた。退院の四、五日前から、午前十分、午後十分ばかりのリハビリが始まったが、この程度では、足腰の弱りはどうにもならない。

退院はしたものの足が地につかない。食欲もない。入院中の五分粥の食事は九割くらいは食べたが、退院してきてからの通常食はなぜかなじめない。薬だと思って出された食事は少量ずつバランスよく食べるようにしているが、食べる量はあまり多くはない。

入院中に続いていた微熱は、退院しても残っている気がする。身体的には慢性的に疲労感が続いていて、退院して数日は何もする気になれなかった。

《人間の死期が近づくというのは、このような状態が続くことではないか》などと考えたりする。

足もとが心もとなく、少しふらつく感じだが、老人ホームの食堂や大浴場に出かけてみた。食堂はともかく、大浴場は気分がよい。久しぶりに風呂でうたってみた。声もよく出る。歌っているときには死期が迫っていることを意識しない。気分が悪いときには歌などうたう気になれない。歌がうたえるということはそれだけ気分がよくなっているということかもしれない。朝の布団の中でも退院五日目くらいから歌をうたっている。少し死期が遠ざかったのかもしれない。

脳卒中や心臓マヒで死ぬ人は死期の予感もなく突然死である。死の準備もなく突然あの世に旅立つわけだから、実際は本人にとって無念のはずだが、急死した本人にはそんなことを思うゆとりすらなかったわけだ。人間の最期、どんな死に方がいいのか正直なところわからない。

死期に向かいあって死ぬといったところで、死期を強く意識しているときには、本人としては何もする気になれないのだから、突然死とあまり変わらない。死期を予感するメリットは、愛する人への言葉を残したり、言っておかなければならないことを言い残すことができるという程度の違いはある。この違いが大きいのかもしれない。

慢性的倦怠感、不定愁訴が少し小さくなったのは退院後八日めくらいからである。歌をうたい始めたのは五日目くらいからだ。原稿の執筆に取りかかったのは六日目頃からである。麻雀に復帰したのは退院一週間目からである。徐々に体調が回復している証拠かもしれない。

体調が回復したといってもガンが治癒したわけではない。やがては遠からず終着駅にたどり着くのだが、今のところ終点の一つ手前の停車駅で一時停車している状態である。

あとひと駅で終着駅だが、一つ手前の駅で旅の終わりに名残りを惜しんでいるわけだ。思えば長い旅だった。同年輩の多くの旅人は遥か昔に終着駅に降り立っている。私はやっと一つ手前の駅にたどり着いた。

今朝、アクションスター千葉真一さんがコロナで亡くなったというニュースに接した。行年八十二歳だという。千葉さんは私より四年ほど後から人生の旅が始まり、私より四年早く終着駅に降り立った。頑健な肉体を武器に数々のアクション映画の名作に出演した千葉さんが早々に人生の旅を終えた。それに対し、不摂生の半生を過ごし、病気持ちのメタボの私は、いまだに旅を続けている。旅の疲れを感じつつも、終着駅の一つ手前の駅で旅の終わりを振り返っている。

停車駅を発車すれば、残りひと駅で終着駅である。いささかの感慨はある。

医者に殺されるのは現代人の宿命

二〇一二年十二月に刊行されたベストセラーがある。『医者に殺されない47の心得』という書名である。著者は日本のガン治療は間違いだということを一貫して主張している近藤誠医師である。

「医者に殺される」というのは物騒な物言いだが、真意は過剰な医療は命を縮めるということをいっているのである。サブタイトルは『医療と薬を遠ざけて、元気に、長生きする方法』とある。「医者に殺される」というのはいわば言葉のアヤで、書名にインパクトを与えるために命名されたのであろう。

同書は優れた刊行物に与えられる『菊池寛賞』を受賞している。同書は決して奇をてらったコケ脅かしの本ではないことを証明してみせた。

同書の内容は基本的には《薬はなるべく飲むな》とか《病院へはなるべく行くな》ということを述べている。まことにもって全て納得できる話ばかりである。

私も著者の言い分に90％同意しているが、現代人として、医療を遠ざけて生きるということはほとんど不可能である。私の知人の一人にそのことを実行している人が一人だけいるが、本当に100％医療を拒否しているかどうかは不明である。

《歯が痛いときはどうするのだろう》

近藤医師も歯痛のときは痛み止めの薬を飲むと、著作の中で読んだ覚えがある。痛みと闘うのに現代医療を拒否するわけにはいかない。

私は医学の恩恵は「痛み・苦痛」を除去することを第一と考えている。

前述の腸閉塞の苦しみは現代医学の技術によって救われた。また、数年前の脳内出血も処置が早かったために後遺症が残らずに社会復帰ができた。現代医療の恩恵がなかったら、私は完全に半身不随、あるいはそこで生命は断たれたかもしれない。

問題はその後である。腸閉塞の治療が終結して、私はすぐに退院するつもりでいたら、現代医学の検査技術によって、次々に私の肉体的欠陥が暴かれ、治療を受けることになった。「腸閉塞が治ったのだから退院させてください」と私がいうわけにはいかない。

次々にレントゲン、ＣＴなどで被爆し、体に点滴の針が射し込まれる。これは現代医療のためである。

「もう痛みがなくなったから治療は結構です」と現代人は医療の恩恵を拒否するわけにはいかないのだ。

「痛み、苦しみを除去し、病気を治してやるから、医師の指示に従って治療しなさい」という病院側の思惑を無視するわけにはいかない。「痛みだけ取れたらそれで結構です」といって病院を後にすることはできない。

近藤医師の言い分がもっともだとしても、現代人にとっては医師に殺されないということは不可能なことである。近藤医師の言い分に対して、私は「現代人は医者に殺される宿命を持っているのです」と反論するしかないのである。

私はたまたま、若いときから「ガンは治療しない」と決めていたので、近藤医師の卓説に我が意を得たりという感じで同意したが、私の考え方は多くの医師からは異端視された。それでも自説を主張できたのは私が八十半ばの終期高齢者だからである。これが六十代、七十代だったら、現代医学のガン治療を拒否するのはとても難しかったと痛感する。

私が近藤医師の意見に共感するのは「ガン放置」のくだりである。現実にガン治療のために殺されている人がたくさんいるからである。私はその事実をこの目でたくさん見てきた。《この人は手術をしなければ二、三年は長く生きることができたのではないか？》そんな思いを何度となく抱いた。

ガンの手術さえしなければ、残りの余生を充実して生きられたのに、あたら現代医療の恩恵を期待して、無用な手術や抗ガン剤治療を受けて、短い月日で命を散らしている現実は否定できない。

それにしても現代を生きる私たちにとって、現代医療の恩恵を無視して治療を拒否して生きるということはできることではない。医療に翻弄されるのは現代人の宿命といってもいい。

「痛みだけを取っていただいたら後の治療は結構です」というわけにもいかない。面と向かって医師にいい出すことはできない。

第一私がこの歳まで生き長らえることができたのは医療のお陰だと考えている。母が肺結核を克服して六十過ぎまで生きられたのも現代医学のお陰である。

医療に救われるのも殺されるのも紙一重というところがある。医療に救われるか殺されるか、誰一人としてその結果を知ることはできない。そういう意味では現代医療の可否は神のみぞ知るということかもしれない。

私のリビングウィル

リビングウィルというのは、生きている間に自分の意思を表明しておくということである。尊厳死協会などが提唱している「自分の終末を人間としての尊厳で締めくくろう」ということである。

実際問題として、死ぬときには意識も判然としていないであろうし、終末の始末は第三者に委ねられているので、どこまで自分の意志が尊重されるか不明だが、一応書き残し伝えておくことは第三者が判断する場合の材料にはなるだろうと思う。

実際に老人にとっての延命はあまり意味がない気がする。延命治療で元気が回復するなら大いに「延命措置」歓迎である。しかし、そういう例は八十歳過ぎた老人では期待できないのではないか？　多くは意識回復、延命が成功しても、寝たきり、あるいは半身不随などの後遺症を抱えて残りの人生を生きることになる。

中には寝たきり、半身不随でも、当人に意識があれば生きる意味がある人もいるかもしれない。そういう人は他人のために長生きすることも一つの選択肢である。

正直な気持ちとして、私の場合は寝込んでしまったら生きる意味は失われる。そういう意味で、私の場合は延命治療は全く無意味である。

私の望む終末は「苦しまないで最期をむかえる」ということが第一番である。そこにポイントを定めたリビングウィルということになる。

菅野国春のリビングウィル

一、痛みや苦痛を取り除くことを第一義として処置してください

一、苦痛除去の処置のために寿命が縮むことはかまいません

一、私が意識を失っていたら人工呼吸器、

点滴等の蘇生術を行わないでください

一、苦痛を取り除く施術ならどんな施術も大歓迎です

一、安楽に死にたいのですから、栄養補給など一切無用です

一、ただただ安らかに旅立つことにご協力ください

以上が私のリビングウィルです。
いろいろご配慮していただく関係者には深く感謝いたします。

令和三年八月二十五日

菅野　国春

家族・関係者へ

菅野国春の終末に関わる医療関係者に本書を提示していただき
　私の願いを尊重していただくようにご説得ください。
なお、菅野国春のリビングウィルの証人は本書読者です。

あとがき

コロナ受難、体調不振、入退院など、いろいろなトラブルの中で本書が刊行の運びになったことを心から喜んでいる。

まえがきでも書いているが、当初、ガンと闘わないガン患者のガンと共存する克明な生活日記を綴ろうと思って筆を執った。執筆半ばで路線を変更した。命の限りを告げられたガン患者の身として、生と死について書いているうちに、自分では意識しないで、原稿が終末の幸福論になっているのに気がついたのである。

遠からずあの世に旅立つ者にとって、一日一日を生きるということは、小さな幸福を求めていることだということに思い至ったのである。

死は恐ろしいものでも悲しいものでもない。あえていうなら旅の終わりの哀感というものはあるかもしれない。

やがて消えていく者にとって、日々の小さな営みがいかに大切かということである。何しろガン患者として、人生の終わりを迎えたのであるから、その思いは当然のことだ。ありふれた感慨であるが、人生八十年があっという間の短い時間のようにも思えるし、その逆に長い長い苦難の道程《みちのり》だったようにも思える。このような感慨は私だけのものではなく、大方の人が抱いている思いではないだろうか。

同様に好き勝手に生きた私にとって、後悔が無い一生だったともいえるし、あるいはその逆に累々と悔恨が積み重なった生涯だったような気もする。たとえ悔恨だらけの人生だったとしても、あきらめのいい私は、そのことで我が人生を否定する気にはなれない。

人生の終わりに際して、これでよかったのだと胸を張っていえるのだから私の人生は幸せだったともいえる。しかし、何十年間かタイムスリップさせて、若い時代に戻してやろうといわれても、それは御免被りたい。私は人生をやり直すつもりも、生き直すつもりもない。八十六年間の悲しみも喜びもそのままそっくり抱えてあの世に旅立つのが一番望ましいことだと考えている。

人生の山坂をもう一度登ったり下ったりするのはさすがにうんざりする。人生の終着駅は始発駅ではないのだ。降りてしまえばあの世である。

おかしなあとがきになってしまった。読者諸兄姉、並びに多くの知人、友人、そして妻に娘……、皆様には生前は並々ならぬお世話になった。私はひと足先に旅立ちをするが、皆様の豊かな余生を心からお祈りしている。私はこの世を去っても、千の風になって皆様の回りを吹き渡っている。風の吹く限り、未来永劫よろしく。

２０２１年８月　　菅野国春

[著者プロフィール]

菅野国春（かんの・くにはる）

著者８６歳４ヶ月の肖像

昭和 10（1935）年　岩手県奥州市に生まれる。
編集者、雑誌記者を経て作家に。
小説、ドキュメンタリー、入門書など、著書は多数。この数年は、老人ホームの体験記や高齢者向け入門書で注目されている。

[主な著書]

「小説霊感商人」（徳間文庫）、「もう一度生きる――小説老人の性」（河出書房新社）、「夜の旅人――小説冤罪痴漢の復讐」「幽霊たちの饗宴――小説ゴーストライター」（以上展望社）他、時代小説など多数。

[ドキュメンタリー・入門書]

「老人ホームの暮らし 365 日」「老人ホームのそこが知りたい」「通俗俳句の愉しみ」「心に火をつけるボケ除《よ》け俳句」「愛についての銀齢レポート」「老人ナビ」「高齢者の愛と性」「83 歳 平成最後の日記」「叙情句集 言葉の水彩画」「老人ホーム八年間の暮らし」「８５歳この世の捨てぜりふ」（以上展望社）など。

私は千の風になる

86 歳 終末の幸福論

2021 年 10 月 20 日　初版第 1 刷発行

著　者　菅野 国春
発行者　唐澤 明義
発行所　株式会社 展望社
〒 112-0002
東京都文京区小石川 3 丁目 1 番 7 号　エコービル 202 号
電話　03-3814-1997　Fax　03-3814-3063
振替　00180-3-396248
展望社ホームページ　http://tembo-books.jp/
印刷所 製本所　モリモト印刷株式会社

ISBN978-4-88546-408-9